EDITORIAL brief

El bibliobús mágico

César Fernández García

COLECCIÓN brief INFANTIL

ESCRITO POR:
César Fernández García

**DISEÑO, COLECCIÓN
Y MAQUETACIÓN:**
aib d'GRACIA, S. L. unipersonal
TFNO. 619 83 32 25

ILUSTRACIONES:
Marina Torres

© EDITORIAL brief
PASEO DE LA CIUDADELA, 5
46003-VALENCIA (SPAIN)
TFNO.: 600 43 92 27
FAX: 96 352 28 97
E-MAIL: edibrief@offcampus.net

PRINTED IN SPAIN
I.S.B.N.: 84-931888-1-6
Depósito Legal: V-502-2001

IMPRIME
RED GRÁFICA, S. L.
TFNO.: 96 374 49 76

A Casandra

Capítulo 1

EL BIBLIOBÚS Y LOS NIÑOS

Los niños estaban impacientes. Se agitaban inquietos en sus asientos. Sólo quedaban cinco minutos para que terminase la clase de Lengua de don Ramón y sonase el timbre que anunciaba el inicio del recreo. Don Pedro, el director de aquel pequeño colegio rodeado de montañas, les había dicho al comienzo de la mañana:

—Hoy será un lunes muy especial. Un bibliobús se instalará en el patio.

—¿Qué es eso? —preguntaron algunos.

—El patio... es el sitio del colegio donde vosotros salís a jugar.

—¡Nooooooo! —exclamaron riéndose todos para preguntar a continuación: ¿Qué es un bibliobús?

Don Pedro era muy despistado y algo sordo. Casi nunca se enteraba de nada a la primera. Se subió las gafas, que se le habían deslizado por la nariz, y dijo:

—¡Ah! Un bibliobús... es un autobús lleno de libros que se prestan. Acaba de venir de tierras lejanas (como Mongolia, China, Alaska, Senegal, Madagascar)

5

para dejaros leer los cuentos que lleva, muchos de los cuales están escritos en nuestro idioma... Podréis entrar en él durante el recreo y sacar el cuento que os apetezca. El bibliobús permanecerá hasta el martes de la próxima semana en el patio del colegio sin moverse. El encargado, un tal Duendidón, me ha dicho que os atenderá a cualquier hora de la mañana o de la tarde. Él dormirá por las noches dentro de su bibliobús.

En cuanto sonó el timbre, los chicos bajaron las escaleras precipitadamente. Pablo incluso tropezó y cayó sobre Andrés, aunque por fortuna no se hicieron daño. Nunca habían visto un bibliobús. Estaban deseando comprobar cómo era. Al llegar al patio, encontraron un viejo autobús amarillo. Tenía pintados muchos lunares a lo largo de su carrocería: verdes, violetas, rosas, negros, naranjas... Las ruedas, ¡pobrecillas!, parecían aguantar un peso sobrenatural. La matrícula estaba mal sujeta con unas cuerdas carcomidas. Por los cristales, debido a la suciedad, no se veía el interior. Como la puerta estaba cerrada, los niños esperaron a que alguien saliese. Irene, la más impaciente, aporreó la puerta y preguntó en voz alta:

—¿Hay alguien dentro?

Nadie respondió. Marta, que pegó la oreja a la carrocería, creyó oír risitas que procedían de dentro. No dijo nada a sus compañeros porque no estaba segura y porque, a lo peor, pensaban que era una mentirosa. Empezó a lloviznar sobre el patio. Todos se disponían a guarecerse de la lluvia dentro de las aulas cuando, por fin, la puerta se abrió, chirriando estrepitosamente.

Un anciano con barba y melena blanca, vestido con túnica roja, bajó del bibliobús. Paseó lentamente sus ojos verdes por el corro de espectadores y, con voz cascada, dijo:

—RUJENEIENEOWOEEKEO.

—¿QUEEEEEÉ? —gritaron los niños al mismo tiempo.

El propio anciano, poniendo los brazos en cruz, aclaró:

—En mi idioma significa "bienvenidos"...

Tardó un buen rato en añadir:

—Mi nombre es Duendidón... Entrad en mi casa.

Mientras los primeros niños empezaban a subir las escaleras del bibliobús, Duendidón advirtió:

—Miles de cuentos os esperan dentro. En algunos, sólo en algunos, habita un libuende.

—¿Quieeeeeén? —preguntó Lucas, adelantándose a sus compañeros.

—Un libuende —explicó con la entonación propia de quien habla de un misterio — es el duende que vive en los libros y que juega con el niño que lo lee... Algunos de vosotros encontraréis el cuento apropiado...

—¿Qué pasa si en el cuento que sacamos hay un libuende? —preguntó Lucas de nuevo, que empezaba a estar muy interesado.

—En ese caso...

En lugar de seguir con su aclaración, el anciano calló. El silencio se prolongó demasiado para los niños.

—¿Qué?, ¿qué pasa entonces? —preguntaron todos.

Duendidón no quería responder y, descansando su mirada sobre los ojos de los chicos, se limitó a añadir:

—Bueno... Entrad y escoged.

En menos de un minuto los niños se adentraron en el bibliobús. Era gigante en su interior. Cientos de estanterías guardaban infinitos libros ordenados por temas:

aventuras, historia, hadas, magia, dragones, piratas, animales, detectives, aviones, humor, Navidad, fantasmas, plantas...

Los niños, arremolinados frente a las estanterías, sacaban un cuento, lo ojeaban, lo dejaban otra vez en su lugar, sacaban otro cuento, miraban las ilustraciones...

—¡Bah! ¡Qué tontería! En estos libros no hay libuendes —dijo Isabel, tras examinar detenidamente varios cuentos.

—Yo tampoco veo ninguno —reconoció Álvaro, que buscaba entre las ilustraciones de un libro de animales.

—Es que los libuendes no se pueden ver, si ellos no quieren —argumentaron Berta y Elisa, las dos hermanas gemelas.

—¿Y vosotras qué sabéis? —preguntó Isabel.

Mientras, el anciano les observaba y escuchaba con satisfacción al final del pasillo, donde tenía una mesa con varios montones de papeles. Su túnica roja resplandecía de tal forma que lanzaba chispas a su barba. Luego, agitando con la mano unas fichas de préstamo, advirtió:

—Quien quiera llevarse uno, que rellene una hojita de éstas, con buena letra.

En seguida se formó una larga hilera de chicos que deseaban sacar un cuento. Cada niño escogió el que más le gustaba y escribía sus datos en la correspondiente ficha, para poder llevárselo a casa.

—Léelo, léelo, te gustará —decía Duendidón a cada chico cuando le recogía la ficha de préstamo.

* * *

También al final de la mañana y durante la tarde, los niños sacaron cuentos del bibliobús. Todos los chicos sentían curiosidad.

—¿Tendré la suerte de que en mi cuento haya un libuende de esos? —se preguntaban.

De todas formas sabían que, como el bibliobús iba a estar más de una semana entera, podían sacar en préstamo el libro que quisieran otro día. ¡O pedir varios!

Una vez que las clases de la tarde acabaron, unos nubarrones negros oscurecieron el cielo de tal forma que, aunque eran las cinco, casi parecía que había llegado la noche. Llovía con mucha fuerza. En aquel pueblo, donde las montañas parecían echarse sobre él, las tormentas impresionaban. La música mágica que surgía del agua al caer en el bosque cercano se oía por todos los rincones del colegio.

Estalló un trueno:

—¡¡¡BBBBRRRRRROOOOOUUUUMMM!!!

Casandra era la última niña en salir del aula; en el resto de las clases, los niños se habían ido ya. Tardaba mucho en recoger todos sus cuadernos y libros. Sus compañeros acostumbraban a decirle entre bromas:

—Casandra, ¡qué lenta eres!, ¡pareces una tortuga!

Antes de abandonar el colegio, protegida por su paraguas, observó aquella misteriosa biblioteca con ruedas situada en el patio. Una farola alumbraba al bibliobús con una luz amarillenta. Por la mañana Casandra había sacado un libro titulado *La niña que lo adivinaba todo*. Ahora el bibliobús saltaba en el sitio, como si dentro se encontrasen miles de niños brincando. Las ruedas rebotaban contra el suelo una y otra vez. La carrocería se bamboleaba de un lado a otro. Casandra se acercó despacio, llevada por la curiosidad. Los cristales estaban cubiertos por una capa de suciedad tan espesa que ni el agua que caía conseguía quitar. No se veía nada a través de ellos.

Pegó la oreja a la puerta. Se oían risas, y el susurro del viento, y maullidos de gatos, y ladridos de perros, y el rumor de una cascada, y el zumbido de una abeja, y trinos de pájaros, y bellísimas voces como de hadas que entonaban alegres canciones. Parecía que se estuviese celebrando una alegre fiesta de campo.

Casandra no logró contener la curiosidad. Giró alrededor del bibliobús, intentando descubrir en la destartalada carrocería un agujero por el que escuchar mejor o ver algo. ¿Qué ocurría dentro? Cuando pasó por la parte trasera, se agachó para examinar el tubo de escape. En ese mismo instante, ¡PUFFFF!, una enorme explosión de humo le dejó la cara totalmente negra, llena de carbonilla. Entonces creyó que miles de risas estallaron en el bibliobús y que una vocecilla burlona exclamó:

—¡Perdón!

Casandra se limpió la cara con un pañuelo y decidió irse a casa. Antes de cruzar la verja del colegio, miró hacia atrás. El bibliobús seguía agitándose. De un momento a otro podría caerse de lado.

—El viento lo estará moviendo —pensó.

Sin embargo, no sintió ni una brisa. Llovía y llovía, pero el aire estaba quieto, muy quieto. Casandra echó a correr. No tenía miedo. No. Pero... ¡era tan raro!

* * *

El colegio por fin quedó solitario. No quedaba nadie más que Isidro, el portero. Tenía casa dentro y cuidaba de la escuela junto con su perro, *Pirata*, que se llamaba así por la mancha negra que tenía en el ojo izquierdo y que, junto a otras de las patas y rabo, le hacía especialmente gracioso.

Como llovía tanto, *Pirata* estaba guarecido en su perrera. Isidro cerró la puerta de la verja como todas las noches. Miró al cielo que lloraba sobre la tierra con una lluvia amiga pero frenética. Se metió en su casa y se quitó la gabardina. Descorchó una botella de vino tinto y se la fue bebiendo, al tiempo que veía llover a través de la ventana. Le gustaba beber alcohol y el médico le había dicho que, por eso, estaba tan gordo. Algunas noches se mareaba de tanto vino o cerveza, y tenía que dar paseos por el colegio para recuperarse.

Mientras bebía de aquella botella de vino, se fijaba en la lluvia que caía sobre el bibliobús. Éste seguía dando pequeños saltos en el sitio.

—Cae tanta agua que mueve ese viejo cacharro —pensó.

En dos horas de lluvia ininterrumpida, el charco que se había formado bajo las ruedas casi era un lago. Temió que, si no paraba de llover, el bibliobús quedaría inundado. Estaba contemplando el charco que empezaba a cubrir las ruedas del bibliobús, cuando vio que la puerta se abría.

—¿Para qué querrá salir ahora ese viejo loco? —se preguntó a la vez que tragaba un buen sorbo de vino.

Pero no fue Duendidón quien bajó del bibliobús sino unos diez seres diminutos, de un color verde tan brillante que desprendían luz con sus movimientos. Tenían nariz afilada, orejas enormes, rabo alargado, dos dientes que se apoyaban sobre el labio inferior, una gran sonrisa, dos pequeñas alas casi transparentes y un gracioso gorro puntiagudo con un cascabel en la cima. No debían de saber que Isidro les observaba desde su casa porque, sin hacerse invisibles, se tiraron al charco para jugar. No paraban ni de reír ni de nadar ni de revolotear ni de lanzarse agua unos a otros. Entre ellos, se diferenciaba uno que llevaba melena y barba blanca. Era el único que, en lugar de ir mostrando su cuerpo verde, iba cubierto por una túnica roja. Se asemejaba a Duendidón pero, claro, en tamaño reducido. Cuando se cansaron, ayudándose de sus alas, regresaron al bibliobús. Aunque cerraron la puerta, Isidro creía seguir oyendo sus carcajadas.

Se quedó pensativo un rato, miró la botella medio vacía, que sujetaba con la mano derecha, y elevó una oración:

—Dios mío, te prometo que no volveré a beber tanto vino.

Capítulo 2

CASANDRA, LA ADIVINA

Casandra Fernández vivía con sus padres y con su hermano pequeño, Héctor, en una casa que estaba en las afueras de aquel pueblo de montaña. Como a todas las niñas de su edad, le gustaba jugar al escondite, comer golosinas, dibujar muñecos... Pero lo que más le agradaba era escuchar o leer cuentos de hadas. Su padre, cuando ella era pequeña, le contaba algunos que, a su vez, la abuela le había narrado a él de niño. Desde que Casandra aprendió a leer, su padre siempre le decía:

—Ahora léelos tú. Ya no tiene sentido que te los cuente.

Por eso, Casandra no dudó aquella mañana de lunes en cogerse aquel librillo que recogía en la portada una sonriente niña vestida con todos los colores del arco iris. Se titulaba *La niña que lo adivinaba todo*. También a Casandra le gustaría llegar a ser adivina.

Aquella noche estaba diluviando. El viento azotaba los cristales de la ventana y parecía que iba a romperla... Tras el relámpago que iluminó la habitación, un trueno estalló entre las nubes:

—¡¡¡BBBRRRRROOOOUUUUUMMMM!!!

Su eco se coló dentro de la cama. Casandra contuvo la respiración. Metió la cabeza bajo las mantas. Fuera, en la calle, las gotas de lluvia debían de estar atormentando el suelo con su continuo martilleo, perforándolo.

Creyó que no iba a poder dormirse con tal tormenta y pensó que lo mejor sería concentrarse en algo. Se acordó del libro.

—Si me pongo a leer el cuento, dejaré de estar asustada —se dijo convencida.

Sacó la cabeza y una mano. Encendió la luz de la lamparilla de noche. Se incorporó un poco más y cogió el libro, que estaba sobre la mesilla. La niña de la portada seguía sonriendo, tal y como la había visto la última vez. Abrió la primera página y empezó a leer.

* * *

El cuento narraba cómo una niña, tras beber una pócima mágica, adivinaba lo que le iba a ocurrir a sus familiares y amigos. Y, aunque intenta prevenirles, ellos nunca la creen. Desesperada, decide perder sus poderes. ¿Cómo? Al final, descubre que basta con beber otro poco de la misma pócima para ser la niña de siempre.

* * *

Cuando Casandra terminó el relato, vio cómo algo semejante a un muñeco diminuto descendió del palote de la I de F I N y se puso a saltar por toda la habitación. Luego, agitando sus alas casi transparentes, revoloteó de un lado a otro. Despedía luz verde alrededor, como si fuera una esmeralda danzante.

Casandra se asustó. Se incorporó y restregó los ojos con ambas manos por si era un sueño. No sabía que se trataba de un libuende. Éste paseó volando por toda la habitación. Dio vueltas alrededor de la lámpara del techo, pasó por deba-

jo de la mesa, se subió a lo alto del armario. Tras dar una voltereta en el aire, se hizo invisible. La niña pensó que, efectivamente, lo había soñado. Volvió a cubrirse por completo con las mantas; cerró los ojos.

El libuende aprovechó la ocasión para hacerse visible de nuevo. Tenía aspecto de travieso: pequeño, verdusco, nariz afilada, orejas muy grandes y dos dientes apoyados sobre los labios. Desde lo alto del armario contempló a la niña y le dirigió estas palabras, sin que ella le oyera:

—Mañana tú también adivinarás.

Sopló a Casandra y, poco a poco, la niña fue quedándose dormida con una sonrisa muy amplia dibujada en sus labios.

Durante el resto de la noche, la tormenta terminó de descargar. Al día siguiente amaneció un sol espléndido entre las montañas. Las nubes se alejaban del pueblo en dirección al bosque.

Casandra se levantó creyendo que lo ocurrido la noche anterior había sido un sueño. Un sueño muy dulce. Se notó a sí misma con una energía superior a la de otros días. Salió de la cama y ya tenía ganas de brincar por la habitación, de correr por el pasillo. Saltando a la pata coja llegó a la cocina, donde encontró a sus padres que desayunaban pan con mantequilla y miel.

—¡Qué poco te ha costado despegarte de las mantas! —exclamó asombrada su madre.

Su padre también la miró y le dijo:

—Hoy puedo llevarte al colegio en coche.

Casandra se puso muy contenta porque su padre solía marcharse de casa antes que ella. Sin embargo, cuando quiso gritar de alegría, de la boca de la niña salió esta afirmación:

—Papá, tu coche se va a quedar sin gasolina nada más salir de casa.

El padre se rió y le dijo:

—No recuerdo cuándo eché gasolina por última vez... Pero seguro que hay suficiente para llegar a la gasolinera que está junto a tu colegio.

Casandra asintió y se sentó ante la mesa. Observó a su madre. Tenía una cabellera rubia, muy larga y muy bonita. Llevaba una bata rosa. La compró en el mercadillo que los miércoles se establecía en la plaza del pueblo. El café debía de estar muy caliente porque humeaba y ella le daba vueltas con la cucharilla.

—Mamá, se te va a caer el café —aseguró Casandra sin saber bien por qué. Un impulso la obligó a pronunciar estas palabras.

—No te preocupes, hija. Tendré cuidado —respondió su madre sonriendo. Cogió la taza por el asa y sorbió un poco.

En ese mismo instante el llanto de Héctor rompió la tranquilidad en la casa. La madre, al oír a su hijo, se sobresaltó y sacudió la mano. El café se le derramó sobre la bata.

—¡Ay! ¡Qué tonta estoy!

—Ya te lo había avisado Casandra —recordó el padre.

La madre fue a atender al pequeño portando una mancha gorda de café en la pechera de la bata. Cuando se quedaron solos Casandra y su padre, éste le dijo:

—Hija, parece como si adivinaras.

Casandra calló y empezó a comer el pan con mantequilla y miel que su madre le había preparado. El que sí se rio fue el libuende. Cuando el café se derramó, el libuende estalló en carcajadas; saltaba y daba volteretas sobre el frigorífico. Pero ya sabes tú que a los libuendes no se les puede escuchar ni ver, si ellos no lo desean.

Casandra terminó de desayunar y se vistió antes que nunca. Rebosaba energía. Fue con su padre a por el coche.

—Debe de estar frío el motor —comentó el padre cuando, tras intentar ponerlo en marcha, el automóvil no arrancaba.

Afortunadamente, al fin el coche salió. Sin embargo, no pudieron recorrer más de unos metros. El automóvil, tras dar unos tremendos empujones, se paró.

POOFFF, POOFFF, POOFFF.

POOFFF, POOFFF, POOFFF.

—La gasolina... Sí... Falta gasolina... —reconoció el padre al ver el indicador rojo y añadió: ¡Vaya! Tendré que ir andando hasta la gasolinera para traer una lata de combustible.

Casandra acompañó a su padre, agarrada a su mano, marchando a grandes zancadas. Aunque ella solía ser muy lenta también para caminar, no le importaba ir a ese ritmo, porque iba con su padre.

Como la gasolinera estaba al lado del colegio, se separaron en la puerta. El padre le dio un beso y le dijo:

—Esta mañana has acertado en dos ocasiones... Por la tarde, cuando yo regrese, me podrías ayudar a rellenar un boleto de la lotería primitiva... ¡A ver si nos toca un premio millonario!

La niña no sabía qué pensar. No tenía la menor idea de por qué acertó ni con lo del café ni con lo de la gasolina... De todas formas estaba encantada de que su padre deseara que jugaran juntos a la lotería. Cuando llegó al colegio, Isidro, el portero, y su perro, *Pirata*, estaban ante la puerta de la verja.

—Buenos días, Casandra —le dijo Isidro, al tiempo que *Pirata* daba dos ladridos amistosos.

—Buenos días —respondió Casandra.

—Creo que los niños tendréis suerte hoy. No va a llover como ayer. No. Por fin podréis salir a jugar al patio. Hará mucho calor. Si el dedo meñique del pie derecho me duele, sé que va a llover o a nevar. Cuando no me duele, sé que el sol nos acompañará todo el día... Hoy no me duele en absoluto.

—Te equivocas, Isidro. Hoy va a nevar —aseguró Casandra.

—¿Nevar? Pero niña no ves que luce el sol. ¡Ay! ¡Esta niña! —dijo Isidro y se marchó negando con la cabeza.

Casandra empezó la mañana con una clase de Matemáticas. Don Benito, el profesor, hablaba muy bajito y, si los alumnos no estaban atentos, no se le oía. Como algunos compañeros charlaban mientras don Benito explicaba, Casandra, que, además, estaba sentada en la última fila, apenas se enteraba de nada. Miró por la ventana. Se veía todo el pueblo. Encima de él, algunos copos empezaban a caer tímidamente...

Conforme pasaban los minutos, nevaba más y más. A la hora del recreo el patio estaba cubierto por una capa blanca. A pesar de ello, los niños bajaron para lanzarse bolas de nieve. Berta y Elisa, las dos hermanas gemelas, intentaron atinar a la rama más alta de un abeto con tan poca pericia que las bolas, tras subir unos metros, caían sobre ellas mismas.

Marta, la mejor amiga de Casandra, le propuso moldear un muñeco de nieve. Se colocaron en un rincón del patio. En el momento en que iban a clavar dos piedras para simular los ojos, se acercó Isidro a las niñas.

—Casandra, ¿cómo pudiste adivinar que nevaría?

Ella se quedó mirándole sin saber qué responder. Él, encogiéndose de hombros, volvió a tomar la palabra:

—Yo nunca me había equivocado en mis pronósticos del tiempo. Pero se ve que tú eres mejor que yo adivinando. A lo mejor te puedes dedicar a dar el parte meteorológico en la televisión o en la radio —dijo y se marchó murmurando algo más.

Casandra se extrañó de que ella misma hubiera acertado en que iba a nevar. No sabía ni por qué lo había dicho. Así que, colocando una rama de abeto en el muñeco de nieve para que le sirviera de nariz, se subió con su amiga Marta a clase. El profesor de Lengua era muy puntual.

Don Ramón entró en el aula muy enfadado. Mientras cruzaba el patio, había recibido una tremenda bola de nieve en la nariz. Se le había puesto roja como un tomate y, encima, no logró descubrir quién se la había arrojado. Con el enfado, la nariz se le iba poniendo aún más colorada e hinchada.

—¿Quién ha sido? —gritó.

El silencio fue absoluto. Algunos niños tenían que morderse la lengua para no reírse, pues les daba la sensación de estar delante de una función de circo con un payaso de enorme nariz colorada. El profesor paseó entre las mesas observando a los niños, con los ojos muy abiertos, por si lograba descifrar algún gesto que delatase al culpable. Pero nada.

Entonces Casandra tuvo una corazonada : el libuende, que quizás había visto la noche anterior, había sido el que lanzó la bola de nieve al profesor. No sabía por qué pero se imaginó perfectamente al libuende, recogiendo un poco de nieve, apretándola con las dos manos, cogiendo impulso y arrojándosela a don Ramón cuando caminaba por el patio, aprovechando su invisibilidad.

A los pocos minutos, una vez que comprendió que no había forma de descubrir al gamberro, el profesor comenzó a dar una nueva lección, hablando de sustantivos y verbos y adjetivos. Todo volvió a la normalidad. Cuando quedaban unos minutos para acabar la clase y con ella la jornada de la mañana, Casandra miró por la ventana. El pueblo, semicubierto por una sábana blanca, parecía enterrarse por su propio peso bajo la nieve.

En aquel momento, vio revolotear sobre la ventana a un ser diminuto que resplandecía como una estrella verde. Iba de aquí para allá. Pero, al detenerse sobre el alféizar de la ventana, Casandra comprobó que era el libuende de la noche anterior.

—No ha sido un sueño —se dijo Casandra.

El libuende la saludó agitando la mano y escribió en el cristal de la ventana: "Hola Casandra. Yo lancé la bola de nieve a don Ramón".

Después, revoloteó por la clase. Nadie vio ni libuende ni mensaje. Sólo Casandra. El libuende regresó a la ventana, subrayó con un dedo lo que había escrito sobre el cristal y desapareció. A Casandra se le puso un nudo en la garganta y le costó tragar saliva. En ese momento don Ramón la llamó:

—¡Casandra! ¡Deja de mirar por la ventana y atiéndeme!

Estaba muy enfadado y avanzaba hacia ella gritando.

—Cuidado, don Ramón... Se va a caer —advirtió Casandra.

Antes de terminar de pronunciar la advertencia, don Ramón tropezó con una baldosa que estaba un poco levantada y, ¡PLAS!, cayó al suelo. Estallaron mil risas de niños.

El libuende se hizo visible para Casandra, le guiñó un ojo y revoloteando por toda el aula y, tras una doble voltereta en el aire, desapareció de nuevo. El profesor se levantó colorado.

—¡Silencio! —exigió.

Poco después la clase había terminado. Casandra ya no sabía si en verdad vio al libuende o si todo había sido un sueño y una serie de casualidades. Salió del colegio y volvió a casa, recorriendo parte del camino con un grupo de amigos y amigas, lanzándose bolas de nieve.

Durante el resto del día no ocurrió nada extraordinario. La nevada iba en aumento. Tanto que por la tarde su padre le dijo:

—Si continúa nevando así toda la noche, no podrás ir al colegio mañana. Estarán bloqueados los caminos.

—No te preocupes, papá. Pronto dejará de nevar —aseguró Casandra, sin ni siquiera mirar por la ventana.

Su padre la observó con asombro y, si no dijo nada, fue porque recordó el episodio del café y de la gasolina. Trajo un boleto de lotería primitiva y le pidió a Casandra que le dictase unos cuantos números para el sorteo de esa misma noche. La niña se sintió más importante que nunca.

—El dos, el cuatro, el catorce, el veintidós, el treinta, y el cuarenta y cinco —dijo convencidísima.

En cuanto los anotó, su padre se marchó de casa para entregar el boleto antes de que se cerrara la tienda donde los recogían.

Ya por la noche, Casandra no protestó cuando su madre le insinuó que debía irse a la cama. Estaba muy cansada. El viento quería romper la ventana de su habitación y, algo asustada, se tapó con las mantas hasta la cara. Fuera dejó de nevar.

En seguida se quedó dormida. El libuende la contempló desde lo alto del armario. Bajó de un salto y se metió en el cuento. Se colocó de nuevo sobre la letra I de F I N y cerró el libro.

A la mañana siguiente, a Casandra le despertó un gran beso de su padre.

—¡Hija!, ayer por la noche salieron los números que tú dijiste. ¡Nos ha tocado un buen premio! —le dijo su padre a gritos y se fue dando saltos y saltos de alegría.

Casandra, aunque no comprendía nada, también se rio en la cama. Miró a través de la ventana. El sol iba calentando y la nieve se derretía aceleradamente.

Antes de entrar en clase, se acercó al bibliobús para devolver el cuento. Entró con la sensación de que iba a perder algo mágico. Cuando estaba a punto de dejarlo en la estantería correspondiente, notó que el libro temblaba un poco. Lo abrió para ver si encontraba el libuende, que ya no sabía si lo había visto alguna vez o no. Ojeó el cuento entero, página a página, pero allí no estaba.

Lo dejó en su sitio y, como si tuviera vida, le dijo:

—Adiós... Muchas gracias...

Después dio también las gracias a Duendidón, que estaba en la otra esquina, y se marchó. Si se hubiera dado la vuelta, habría visto una mano y dos enormes orejas que salían del cuento y que se despedían de su lectora. Aunque ella no le podía oír, el duende, sacando la cabeza, le dijo:

—Adiós... Has conocido la magia de la lectura...

En ese momento al libuende le pareció que subía otro niño al bibliobús. Volvió a esconderse entre las páginas del libro a tanta velocidad que se pilló las inmensas orejotas.

—¡Ay! —exclamó de dolor.

Capítulo 3

LUCAS HABLA AL REVÉS

Lucas siempre fue el niño más revoltoso del colegio. Le gustaba tirar de la coleta a las niñas, esconder los libros a sus compañeros, pegar monigotes en la chaqueta del director, lanzar pelotas de papel a otros alumnos mientras el profesor escribía en la pizarra... Leer, por el contrario, no le gustaba nada.

Sin embargo, cuando entró el miércoles en el bibliobús, se fijó en un cuento. Se titulaba *Las aventuras del travieso libuende Filomeno*. Tenía pocas páginas pero muchas ilustraciones. En la portada aparecía un libuende de grandes orejas y rabo más largo de lo normal en estos seres que guiñaba un ojo. A Lucas le llamó la atención y se lo llevó bajo el jersey, sin rellenar ficha alguna, en un descuido de Duendidón.

—A lo mejor no lo devuelvo nunca... Como no saben mi nombre, no podrán pillarme —pensó.

En su casa por la tarde empezó a leerlo.

★ ★ ★

Narraba las divertidas peripecias que le sucedían al libuende Filomeno cuando se instaló en una cueva habitada por una banda de ladrones, tras salir del cuento en el que vivía y que acababa de leer el capitán de los ladrones. Filomeno se divertía consiguiendo con su magia que los ladrones expresaran siempre lo contrario de lo que pensaban. Si, por ejemplo, querían decir "sí", decían "no". Decían "nunca" por "siempre", "quiero" por "odio", "negro" por "blanco", "mío" por "tuyo", "enemigos" por "amigos"... Todo al revés. Acababa con un lío muy gracioso entre los ladrones.

* * *

Una vez que Lucas terminó con el cuento, lo guardó en su cartera. Cenó y, tras dar dos besos a sus padres, se marchó a su habitación donde en seguida el sueño le dejó dormido. El libuende de la portada salió de la cartera. Con el rabo se colgó de la lámpara del techo, como si fuera un mono en un gran árbol de una selva africana. Mientras se columpiaba, contempló al niño.

—Mañana será un día en el que todo lo dirás al revés —susurró el libuende—. Hasta que devuelvas el libro, pronunciarás lo contrario de lo que piensas, como les ocurrió a los ladrones del cuento.

El libuende se rió, balanceándose de tal forma que se descolgó de la lámpara. Antes de caer al suelo, revoloteó un poco y se metió de nuevo en el cuento.

Lucas se levantó al día siguiente con mucha hambre. Sabía que le esperaba una tarta riquísima, que había preparado su madre con las moras que él mismo había cogido el domingo en el campo con sus primos. Llegó a la cocina en el momento en que ella le terminaba de calentar la leche.

—¿Quieres también tarta? —le preguntó su madre, convencida de que su hijo gritaría que sí, pues era su tarta preferida.

—No, ¡qué asco! —pronunció Lucas, que se moría de ganas por comerla. Él mismo no entendía qué le pasaba. ¡Había dicho lo contrario de lo que quiso decir!

—¿No? —preguntó asombrada su madre.

—No, puaf, ¡qué asco! —respondió Lucas.

Ella, enfadada por ese comentario de su hijo, le echó el trozo de tarta a *Pulgas*, el perro, que estaba tumbado en el suelo de la cocina y que lo devoró en segundos. Lucas quería gritar "no se lo des al perro", pero añadió en voz alta:

—Sí. Dale toda la tarta.

Lucas estuvo a punto de llorar. Se aguantó las ganas y tomó unas galletas de mantequilla, que nunca le habían gustado. Como tenía miedo de seguir respondiendo lo contrario de lo que pensaba, intentó no articular ni una palabra.

Al salir de casa, su madre le besó y, como de costumbre, le dijo:

—Adiós, hijo.

Y él respondió:

—Hola, hija.

Ella se quedó todavía más sorprendida y se preguntó a sí misma:

—¿Estará enfermo?

Lucas se marchó corriendo a toda velocidad. Corría y corría para descargar la rabia. Llegó sudoroso, agotado al colegio.

—Buenos días —le dijo el portero.

—Buenas noches —respondió Lucas entre jadeos.

Isidro se quedó pensando que ese niño estaba mal de la cabeza.

En clase don Benito, el profesor de Matemáticas, puso en la pizarra una división muy larga. Era la más difícil que había propuesto desde que había empezado el curso. En lugar de explicar cómo se resolvía, se quedó mirando a los niños y preguntó:

—¿Quién sabe hacerla?

Lucas no sabía cómo. Aquella división tenía demasiados números. Sin embargo, exclamó:

—¡Yo!

Inmediatamente se tapó la boca con ambas manos para no seguir diciendo nada. Pero ya era demasiado tarde. Don Benito le oyó y le dijo:

—Muy bien, Lucas. Sal a la pizarra y da ejemplo a tus compañeros enseñándoles cómo se hace.

Lucas iba a gritar que no, pero de sus labios volvió a salir lo contrario de lo que pensaba:

—Sí. Lo haré muy bien.

No tenía más remedio que intentarlo. El profesor y sus compañeros le miraban perplejos. Lucas no salía nunca voluntario. No se le daban bien los estudios. Era bastante vago.

Se colocó frente a la división temblando. El ejército de números mareaba. Lucas los miraba y los miraba, incapaz de poner nada en la pizarra. El sudor de la frente le escurría por la cara. Pasaron lentos los minutos...

Don Benito terminó por preguntarle enfadado:

—¿Te has querido burlar de mí?

Lucas quería decir: ¡no, no, no!, pero respondió:

—Sí, claro que sí, don Benito.

Los niños, hasta ese momento en silencio, asombrados por el cambio de actitud de su compañero, se tiraban al suelo muertos de risa. Don Benito le castigó sin recreo. Mientras sus compañeros salían a jugar al patio, él se quedó en clase ante un montón de divisiones que el profesor le había mandado resolver.

Lucas no entendía por qué le pasaba lo mismo que a los ladrones del cuento. Empezó a sospechar algo... Sí. Lo mejor sería devolver el libro y pedir perdón a Duendidón por no haber rellenado la ficha de préstamo y por haber pensado quedarse con él para siempre. Pero no podía hasta que la jornada terminara.

Lo peor llegó precisamente al final de la mañana, una vez que acabó la última clase... A Lucas le gustaba Ana, la niña más dulce de clase. Al menos, a él le parecía así. Ella nunca había querido hablar con él porque era muy travieso, y porque había tirado de la coleta a algunas amigas suyas. Inesperadamente se acercó a Lucas y le preguntó:

—¿Te gustaría venir esta tarde a mi fiesta de cumpleaños?

Lucas pensó que era una gran suerte. Nunca se imaginó que Ana le fuera a invitar a su fiesta. Iba a gritar "¡Sí!"; sin embargo, respondió con brusquedad:

—No. No quiero.

La niña, humillada, se marchó llorando. Él no quiso ir tras ella para explicarse. Lo estropearía aún más.

Lucas bajó al patio, donde estaba el bibliobús. Dio varios golpes en la puerta con la palma de la mano. Deseaba decir "¡abra!" pero gritó:

—¡Cierre!

Al instante, Duendidón abrió la puerta.

—¿Qué quieres, niño?

Procuró decir "devolver este cuento"; por el contrario, contestó:

—Llevarme este cuento.

—¿Llevártelo? ¡Si ya lo tienes! —dijo el anciano con una sonrisa, acariciándose la barba.

Lucas no deseaba hablar más. Tenía miedo de seguir diciendo tonterías. Le entregó en las manos el libro, y salió corriendo.

Duendidón miró al libuende de la portada. Le guiñó un ojo, y ambos, que eran amigos, rieron.

Al abandonar Lucas el colegio, el portero le dijo:

—¡Adiós!

Y el niño, que quiso responder "¡adiós!", respondió:

—¡Adiós!

Entonces se dio cuenta de que, sin el cuento en su poder, decía lo que en verdad deseaba decir. Y se fue corriendo a buscar a Ana para pedirle perdón. ¡Sí que quería ir a su fiesta! Por el camino iba saltando de alegría y gritando:

—Sí... Quiero... Sí... Quiero... Sí... Quiero...

Capítulo 4

BERTA, ELISA Y LAS PALABRAS MÁGICAS

Berta y Elisa eran hermanas gemelas. Las dos llevaban gafas. Cuando la una lloraba, también lloraba la otra. Cuando la una reía, la otra reía. Siempre estaban juntas, estornudaban juntas, comían juntas, estudiaban juntas, jugaban juntas...

Por eso, aquella mañana de miércoles sacaron un cuento del bibliobús para leerlo juntas. Se titulaba *Palabras mágicas*. Berta lo metió en la mochila, porque los miércoles era ella la encargada de llevar la única mochila que tenían. No había necesidad, pensaban, de que las dos llevasen su propia mochila, si podían compartir los libros. Ni siquiera les importaba a los profesores que las dos hermanas realizasen los ejercicios en el cuaderno conjuntamente, como si fueran una sola persona.

Una vez que terminaron de merendar, se fueron al cuarto que compartían para leer el libro.

* * *

Narraba las aventuras de una pandilla de amigos que encontraba en una cabaña abandonada un pergamino mágico. En él estaba escrita sólo una palabra pero larguísima:

Eedenfepersicosllerateliviscubgamasimalatanacamitracececetalunusu.

Al pronunciarla, todos los objetos cercanos empezaban a volar: unos sillones rotos, la lámpara, dos sillas, unas mesas, un viejo jarrón, un sombrero polvoriento, un cuadro... En un principio fue divertido. El problema vino cuando los niños quisieron pararlos. ¿Cómo?

La pandilla sufre muchas desventuras hasta que descubren, dentro de la cabaña, otro pergamino que contiene también una palabra que parecía mágica:

Ineicajeietpeacnekejsiecaleiceiciecteioecañsasacieiji.

La deletrean y los objetos vuelven a su sitio. Los niños juegan un día entero con ambas posibilidades: la de mover y la de detener sillones, mesas, sillas... Al final, los dos pergaminos escapan volando por una ventana. Los chicos salen corriendo tras ellos pero no consiguen recuperarlos. Desesperados, terminan por abandonar la extraña cabaña, sin poder impedir que todo el mobiliario revolotee de una pared a otra.

★ ★ ★

Berta, al terminar de leerlo, exclamó:

—¡Qué cuento tan divertido!

—¿Pronunciamos la palabra para que los objetos se muevan? —preguntó Elisa.

—Vale, pero no servirá de nada —respondió su hermana, convencida de que los cuentos son únicamente eso, cuentos.

Las dos niñas buscaron esa palabra en el relato. Intentaron pronunciarla bien pero se trababan. Tuvieron que volver al principio cinco veces. Sólo a la sexta consiguieron deletrearla correctamente:

Eedenfepersicosllerateliviscubgamasimalatanacamitracececetalunusu.

No pasó nada. Esperaron en silencio un buen rato; todo seguía en su sitio. La cama no hizo ningún ademán de moverse, ni las sillas, ni los osos de peluche... Oyeron, eso sí, un susurro. No sabían que el libuende estaba pronunciando la palabra oportuna.

Algo decepcionadas, decidieron irse a jugar al parque. Pero, al cerrar la puerta, oyeron un ruido tremendo. Entraron y —¡menuda sorpresa!— vieron los colchones por los aires junto con los osos de peluche, las botas de Berta, las sillas, los lapiceros, un cuadro, varios cuentos, la pecera con dos tortugas de agua, los pijamas... Unos objetos tropezaban con otros; rebotaban contra las paredes; bajaban; subían.

—Rápido, Berta. Busquemos en el cuento la palabra que los para —dijo Elisa.

Tuvieron que saltar para agarrar el libro titulado *Palabras mágicas* que revoloteaba por la habitación. Encontraron la palabra y la deletrearon en voz alta:

—Ineicajeietpeacnekejsiecaleiceiciecteioecañsasacieiji.

Pero no pasó nada. Las repitieron varias veces gritando:

—Ineicajeietpeacnekejsiecaleiceiciecteioecañsasacieiji.

—Ineicajeietpeacnekejsiecaleiceiciecteioecañsasacieiji.

—Ineicajeietpeacnekejsiecaleiceiciecteioecañsasacieiji.

—Ineicajeietpeacnekejsiecaleiceiciecteioecañsasacieiji.

Sin embargo, todo seguía agitándose por los aires. El libuende, al que ellas no veían, se reía revoloteando entre los osos de peluche y la pecera. Con un gesto abrió la ventana de la habitación.

Elisa vio que la ventana se abría sola. Corrió para cerrarla pero, antes de que llegara, se escaparon las dos botas. También sus propias gafas se desprendieron de su cara y salieron hacia la calle.

—¡Oh, no! —exclamó, llevándose las manos a la cabeza.

—¡La que hemos organizado! —gritó su hermana.

Berta y Elisa bajaron por la escalera lo más rápido que pudieron. Al salir del portal, comprobaron que lloviznaba. Desde la acera divisaron las botas. Iban a una altura de medio metro del suelo, por el final de la calle. Poco después, descubrieron las gafas. Volaban en sentido opuesto a las botas.

—Berta, tú seguirás a tus botas y yo a mis gafas —propuso Elisa.

—Vale —respondió su hermana al tiempo que daba la primera zancada.

Cada niña tomó su camino.

Berta casi alcanzó a las botas dos calles más abajo. Se tiró a por ellas como una tigresa pero éstas, al notar que las iban a agarrar, bajaron a ras del suelo y corrieron muy deprisa. Un señor, cobijado por un paraguas, paseaba a su caniche con una correa. Las botas se detuvieron y propinaron varias patadas en el culo del perro que, tirando de la correa, se soltó y se lanzó a perseguirlas.

En la persecución se cruzó don Benito, el profesor de Matemáticas, que, distraído, caminaba, bajo un gigantesco paraguas negro. Las botas le hicieron la zancadilla. Cayó sobre un charco. Don Benito, muy enfadado, levantándose del suelo, se dio la vuelta y sólo alcanzó a descubrir a Berta corriendo. Creyó que había sido ella. Empezó a perseguirla. Berta tuvo que girarse sobre sus talones y huir en sentido contrario. Su profesor, sin dejar de correr tras ella, le gritaba:

—¡Gamberra! ¡Gamberra! ¡Más que gamberra!

La niña no pudo saber cuántos perseguidores iban acumulando las botas. En primer lugar, el caniche ladrando. Tras él, un barrendero que creyó que había sido el perro el que le había agredido. A continuación venía un señor que, aunque llevaba escayolado un brazo, corría cuanto podía para golpear con el paraguas al barrendero, al que suponía culpable de una patada. A este señor, a su vez, le perseguía una anciana agitando el bolso, porque creía que el dolor que había sentido en el trasero se lo debía a su paraguas.

Al final, las botas se elevaron por los aires y desaparecieron. Dejaron un enorme lío montado en la calle.

Berta, por su parte, logró esquivar a don Benito, escondiéndose tras un árbol. Le vio pasar gritando:

—¡Gamberra! ¡Gamberra! ¡Más que gamberra!

Berta, cuando le perdió de vista, decidió buscar a su hermana y ayudarle a agarrar las gafas. La encontró al doblar la esquina de la calle. Elisa, desconsolada, le dijo que había perdido el rastro de las gafas.

Las hermanas regresaban a casa, cuando las vieron revolotear alrededor del pino colocado en la plaza del Ayuntamiento. Las niñas saltaron varias veces para cogerlas, pero no llegaban a esa altura. Berta se subió a los hombros de Elisa; tampoco sirvió de nada. Volaban demasiado alto.

Las gafas en un momento salieron disparadas hacia un guardia, que estaba organizando la circulación, porque se había estropeado un semáforo. Se colocaron, llenas de gotas de lluvia, ante los ojos del policía. Éste dejó de ver. Comenzó a agitar los brazos para intentar quitárselas y todos los coches, los que estaban a su izquierda, a su derecha, enfrente, a su espalda, entendieron que les daba paso. Chocaron unos contra otros. Se formó una montaña de coches, mientras el guardia luchaba contra las gafas que no querían quitarse de sus ojos.

—¡PIIIIIII! ¡PIIIIIIIII! ¡PIIIIIIIIIIIII! —chillaban los pitos de los coches.

Al cabo de unos minutos, las gafas salieron disparadas contra don Benito que todavía buscaba a Berta muy enfadado para regañarla. Se colocaron sobre sus narices. El profesor dio unos cuantos pasos intentando quitárselas y se chocó contra una farola. Las gafas se marcharon volando calle abajo para buscar otras víctimas. Desaparecieron de la vista de las niñas.

Éstas, puesto que no lograron atraparlas, regresaron a su casa. Llamaron al timbre y su madre tardó en abrirles la puerta. Estaba escuchando la radio en el comedor. Por eso tampoco se había enterado del desastre que ocurría en la habitación de sus hijas.

Berta y Elisa entraron en su cuarto y volvieron a encontrarse con los objetos revoloteando de un lado a otro.

—¡Basta ya! Tenemos que hacer algo —gritó Elisa.

—¿El qué? —preguntó Berta.

—Devolver el cuento... A lo mejor así se acaba todo.

Pocos minutos después, las niñas llegaron a la puerta del colegio. Ya estaba cerrada. Llamaron al timbre y les abrió Isidro, que llevaba a Pirata, sujeto con una cadena. Le explicaron que deseaban entregar inmediatamente un libro a Duendidón.

—¿Tiene que ser ahora mismo? —preguntó extrañado.

—Sí. Ahora mismo —respondieron.

— Bueno, el bibliobús sigue en el patio. Ese anciano debe de estar dentro. Su cacharro se mueve como si estuviera poblado por todos los vientos —dijo Isidro.

En efecto el bibliobús, aunque no corría nada de aire y había dejado de llover, se agitaba. Las ruedas rebotaban contra el suelo una y otra vez. Parecía que en su interior cientos de niños estaban saltando, celebrando una gran fiesta.

Antes de que Berta y Elisa llamaran, la puerta se abrió.

—¿Qué queréis, niñas? —preguntó Duendidón, examinándolas detenidamente.

—Dejar en su sitio este cuento —respondieron al unísono.

—¿A estas horas?

—Sí.

—Muy bien —dijo Duendidón sonriendo. Cogió el libro y se lo llevó a la oreja. Estuvo unos segundos así como si escuchase una canción. A continuación, se despidió de las niñas.

Berta y Elisa creyeron que, al tiempo que el anciano cerró la puerta del bibliobús, estallaban unas risotadas en el interior. Se miraron sorprendidas.

Regresaron corriendo a su casa. Su madre tardó en abrirles la puerta porque continuaba escuchando la radio en el comedor. Entraron en su cuarto y, como ellas sospechaban, todos los objetos estaban perfectamente ordenados. El cuadro, colgado en la pared. La pecera con las dos tortugas de agua bastante mareadas, sobre su estantería del mueble, al lado de varios cuentos. Los osos de peluche sobre las camas. En una esquina, las botas bajo una silla, que es donde las solía dejar Berta. Sobre la mesilla, las gafas de Elisa, con algunas gotas de lluvia...

Las dos hermanas se dieron un enorme abrazo de alegría.

Sin embargo, de repente, Elisa gritó:

—¡Oh, no! Mi pasador del pelo por los aires.

Berta se dio la vuelta y se quedó con la boca abierta comprobando cómo el pasador de su hermana, desde lo alto del techo, caía al suelo.

—¡Oh, no! ¡Otra vez no!

—¡Ja, Ja, Ja! —rio Elisa.

Berta no entendía la alegría de su hermana, así que Elisa reconoció:

—¡No ha pasado nada! ¡Yo misma he arrojado el pasador, mientras no me veías! ¡Te lo crees todo!

Berta también se echó a reír. Tras un rato, se tiró sobre su cama y sugirió:

—La próxima vez leeremos un cuento más tranquilo. ¿Vale?

Capítulo 5

MARTA ENTRA EN UN CUENTO

Unas semanas antes había leído *La isla del tesoro*. Desde entonces Marta deseaba leer otro cuento de piratas. Por eso, en aquella mañana de jueves, subió al bibliobús con la intención de llevarse alguno. Encontró varios. Pero sólo sacó uno en cuya portada, por cierto llena de polvo, aparecía un pirata con un parche en el ojo izquierdo y un loro rojo y verde sobre el hombro. Se titulaba *El fiero Aguazul*.

Por la noche, antes de ponerse el pijama, se sentó sobre la cama, encendió la lámpara de la mesilla y empezó a leerlo.

* * *

La aventura comenzaba cuando un niño, llamado Antonio, acompañaba a su hermano mayor, Ismael, que se dirigía en una barca a una isla cercana a su pueblo. La isla apenas tenía un kilómetro cuadrado de extensión y nadie la poblaba. Sólo había animales como gaviotas, cangrejos blancos, unas tortugas gigantes, lagartos verdes con puntos naranjas en la panza...

Ismael quería llegar a la isla desierta para pintar el paisaje que se veía con un catalejo desde la roca más alta: olas blancas y verdes bajo un cielo manchado de nubes fugaces. Era un pintor muy bueno. A Antonio le gustaba fijarse en cómo su hermano dibujaba y mezclaba colores sobre el lienzo. Al llegar a la isla, ambos suben a la roca con las pinturas y pinceles en dos mochilas. Ismael echa un vistazo al mar con su catalejo y empieza a pintar, mientras Antonio le observa.

Ismael cambia su rostro sereno por un gesto de preocupación. Ve con el catalejo cómo en la lejanía un barco se hunde echando humo. Poco después, otro barco con bandera pirata se acerca a la isla. No tarda en desembarcar un hombre con un loro en su hombro. Ismael reconoce en él al famoso pirata Aguazul. A continuación, toda su tripulación llega a la orilla. Entre varios piratas sostienen un cofre. Reían y hablaban entre sí. Ismael procuró leer en los labios.

—¡Enterremos rápidamente el tesoro de aquellos estúpidos! —gritó Aguazul.

—¡Estúpidos! ¡Estúpidos! —repitió el loro.

—¡Qué fácil ha sido vencerlos! —exclamó otro pirata.

—¡Qué fácil! ¡Qué fácil! —repitió el loro.

Bajo un cocotero, excavan un agujero con palas y picos. Cuando iban a enterrar el cofre, miran hacia la roca donde están Ismael y su hermano Antonio. A Aguazul le entró tanta rabia que se puso rojo de ira y chilló con todas sus fuerzas:

—¡Nos han visto! ¡Que no escapen!

El loro, sobre el hombro de su amo, repitió:

—¡Que no escapen! ¡Que no escapen!

Los piratas dejaron el cofre en la orilla y se dirigieron hacia ellos a gran velocidad.

—Tenemos problemas. Hay que huir —reconoció Ismael a Antonio que, aunque sin catalejo, se había dado cuenta de lo que pasaba.

* * *

Marta, cuando leyó esto, pensó:

—Esos piratas no deben salirse con la suya.

Cerró los ojos. Deseó con todas sus fuerzas ayudar a los hermanos. El libuende la entendió porque, cuando la niña abrió los ojos, se encontró a sí misma entre los dos, en lo alto de la roca. A la izquierda tenía a Ismael y a la derecha a Antonio. Los dos la miraban con unos ojos enormes. No podían creer lo que estaban viendo. Mientras, los piratas de Aguazul subían corriendo a por los tres.

—¿De dónde has salido? —preguntaron a la vez los hermanos.

—No lo sé. Yo estaba leyendo el cuento donde aparecéis... y ahora estoy con vosotros.

—¡Magia! ¡Magia! —exclamó Antonio.

—Os quiero ayudar —replicó Marta.

—Bueno, ahora debemos huir —dijo Ismael al ver de reojo a los piratas escalando la roca.

—Mejor escondámonos en una cueva —sugirió Marta echando un vistazo a su alrededor.

En el suelo se abría un agujero de un metro escaso de diámetro entre los troncos de dos árboles centenarios. Parecía conducir a algún pasadizo secreto.

—¡Por ahí! —gritó Marta señalándolo.

Ismael dudó de aquella idea. Reflexionó unos segundos. Cuando los piratas empezaron a disparar, la duda se le despejó de inmediato. Agarrando el brazo a su hermano y a Marta, se lanzó con ellos por aquella galería. Se deslizaron a toda velocidad. En el trayecto, a oscuras, se iban dando cabezazos contra las paredes. Menos mal que eran de arcilla blanda. Cayeron sobre un suelo húmedo.

—¡Ay ¡Ay! —gritó Antonio de dolor.

—¡Vaya cabezazo me he dado! —exclamó Marta.

No se veía nada, pero sintieron un ruido. Algo se movía por el suelo. Lo que fuera, en seguida, empezó a subirles por los pies. Aunque los tres lo sospechaban, Antonio fue el primero en exclamar con asco:

—¡¡¡Cu-ca-ra-chas!!!

A continuación, Marta:

—¡¡¡Cu-ça-ra-chas!!!

No tuvieron tiempo de quitárselas de encima, porque en ese mismo momento un mensaje de Aguazul, en forma de eco, llegó a sus oídos, a través del mismo agujero por el que ellos se habían lanzado, y les paralizó:

—¡Sabemos dónde estáis! ¡Os vamos a capturar!

El loro repitió:

—¡Os vamos a capturar! ¡Os vamos a capturar!

Ismael respiró hondo e inmediatamente dijo a Marta y a Antonio:

—Tiene que existir una salida. Todas las cuevas las tienen... Busquémosla... Dadme la mano y avancemos juntos.

Sin poder apreciar nada, dieron unos cuantos pasos. Las cucarachas escalaban por sus pantalones y algunas llegaron al cuello. Aún así, no se soltaron de la mano. Se detuvieron un instante, tragaron saliva y dieron un par de pasos más. Bueno, el segundo paso no lo llegaron a dar porque, al posar el pie, cayeron por un túnel que había en el suelo y en el que fue imposible reparar.

Estuvieron bajando durante muchos segundos. Temieron incluso que descenderían al infierno o a un lago subterráneo poblado por monstruos carnívoros. Pero no. Fueron lanzados al exterior, a la orilla del mar, a pocos metros del cofre. Ningún pirata lo vigilaba. Lo habían abandonado para perseguirles.

—¡Nos hemos salvado! —gritó Antonio, dando saltos de alegría.

—¡Huyamos en nuestra barca! —exclamó Ismael.

Marta, con mucha serenidad, señalando con el dedo índice el tesoro, sugirió:

—Vamos a llevárnoslo. Aguazul lo ha robado pero nosotros se lo daremos a los pobres. Entre los tres podemos llevarlo a la barca.

—Sí. En nuestro pueblo hay muchos pobres entre los que repartirlo —reconoció Antonio.

Con mucho esfuerzo lo transportaron a su barca. Algunos piratas ya les habían divisado desde lo alto de la roca y bajaban disparando contra ellos.

Ismael agarró un remo; Antonio y Marta el otro. Remaron con todas sus fuerzas. Se levantó un viento casi huracanado que les ayudó también a alejarse muy rápidamente. Cuando miraron hacia atrás al cabo de una media hora, no se veía ni rastro de los piratas.

Entonces, una vez que estuvieron fuera del alcance de Aguazul, Ismael, sin dejar de remar, se dirigió a Marta:

—Dinos la verdad, por favor. ¿De dónde has venido?

—No lo sé... De verdad, no lo sé... Estaba leyendo en mi habitación un cuento que hablaba de vosotros... En el momento en el que los piratas os perseguían, cerré los ojos. Cuando los abrí, me encontré en lo alto de la roca.

—Es muy extraño. Pero, ¡en fin!, ahora lo que importa es que estamos a salvo —comentó Ismael.

Su hermano asintió y añadió:

—Y con un tesoro que vendrá muy bien a los pobres. ¡Abramos el cofre!

Dejaron de remar e Ismael sacó una navaja de su bolsillo, que solía utilizar para raspar algún pegote de pintura en el lienzo. Forzó el candado que protegía el cofre. Al abrirlo, se quedaron fascinados. Había monedas y anillos y coronas y pendientes y broches y dagas y pedruscos de colores. En los ojos de los tres brillaban los colores verdes de esmeraldas, berilos, prasios y aguamarinas; blancos de diamantes, perlas, nácar y piedras lunares; rojos de rubíes, carbunclos, jacintos, coral y cornalinas; azules de zafiros, turquesas, lapislázuli y lazulitas; violetas de amatistas, jaspes y sardónices; amarillos de topacios, ámbar y ágatas...

Podrían ayudar a todos los pobres del mundo con tantas riquezas. A Marta le gustó un anillo con una piedra violeta, porque nunca había visto ese color en un anillo. Resplandecía como una luciérnaga malva. Lo cogió y se lo colocó en el dedo meñique de la mano derecha. Con él puesto, todo parecía más hermoso: el mar más oloroso, las olas más juguetonas, el cielo más azul, las gaviotas más amigas, el viento, al chocar contra su cara, más musical... La misma barca se balanceaba ahora como al compás de una canción de sirenas.

Marta se sintió tan a gusto que cerró los ojos de satisfacción. Estuvo así mucho tiempo, gozando con todos los sentidos, olvidándose de dónde estaba.

Cuando los abrió, se encontró de nuevo en su habitación, sentada sobre su cama, con la luz de la mesilla encendida. El cuento abierto entre sus manos.

Le había parecido tan real su aventura que, de la rabia de pensar que todo había sido un estúpido sueño, cerró el libro de golpe. Salió una nube de polvo que le hizo estornudar varias veces:

—¡ATCHÚS! ¡AAATCHÚSSSS!

Algún poder mágico debía de tener aquella nube salida del cuento porque, antes de que Marta terminara de ponerse el pijama, la dejó dormida sin darse cuenta de que quedaba encendida la lámpara de su mesilla.

El libuende salió del cuento, revoloteó por la habitación y apagó la luz. Antes de volverse a meter en el libro, estornudó:

—¡Atchús! ¡Aaatchússs!

Al día siguiente por la mañana, rabiosa, golpeó con los nudillos la puerta del bibliobús. Llovía. Duendidón no daba señales de vida. El agua de la lluvia se deslizaba por su cara. Metió su carpeta y el libro bajo el abrigo para que no se mojaran. Volvió a golpear la puerta con mayor insistencia. Pasó un buen rato hasta que apareció Duendidón. Antes de que él pudiera ni dar los buenos días, la niña le dijo:

—Quiero devolver este cuento.

—¿Te ha gustado? —le preguntó el anciano recogiéndolo. Clavó sus ojos en ella.

—No... No... Es un cuento tonto.

Marta se marchó llorando. Fue corriendo hacia el servicio del colegio, donde dejó la carpeta sobre el lavabo. Se miró en el espejo. La niña que veía reflejada en el cristal parecía más débil que ella. Abrió el grifo del agua y colocó las manos bajo el chorro. Cuando fue a subir el agua hacia la cara, se percató de que llevaba puesto aquel anillo violeta. Sí. En efecto. El anillo resplandecía en su dedo meñique.

En sus destellos mágicos se escondían, al mismo tiempo, la paz, el mar, la alegría, el viento, las nubes...

—¡Ha sido verdad! ¡No lo he soñado! —exclamó.

Salió del servicio precipitadamente, olvidando su carpeta sobre el lavabo.

—Regresaré al cuento —se iba diciendo mientras daba enormes zancadas para llegar lo antes posible al bibliobús.

En cuanto llegó, golpeó la puerta con fuerza. En esta ocasión no tardó en abrirse.

¿Sabes cuál de todos estos libuendes es el de la ilustración?

—¿Qué quieres esta vez, niña? —preguntó Duendidón, seguramente molesto por el último comentario de ella sobre el libro.

—Volver a sacar el cuento que acabo de devolver.

—Me habías dicho que no te había gustado.

—Mentí. Sí. En verdad, sí me había gustado. Quiero leerlo de nuevo.

—No puede ser —replicó Duendidón de forma contundente—. Se lo acaba de llevar otro niño...

Marta cerró los puños de rabia. Se le volvieron a humedecer los ojos. Duendidón añadió:

—Por cierto, ese anillo violeta que llevas en la mano... ¿no estaba dentro del libro?

—¡No! Es mío —respondió Marta y escapó corriendo.

Ese fin de semana, se lo pensó mejor y decidió devolver el anillo. Quizás, si el anillo se metiera entre las páginas del cuento, de algún modo llegaría a manos de Ismael y Antonio. Ellos se lo harían llegar a alguna persona pobre. Con ese anillo, cualquier persona desamparada del mundo podría comprar lo que necesitase. Marta pidió el domingo por la noche a su madre que la despertase al día siguiente un poco antes. Quería entregar el anillo a primera hora. Llegó muy pronto el lunes al colegio. Se acercó al bibliobús. Gritó con todas sus fuerzas:

—¡Duendidón! ¡Ábreme!

—¿Qué quieres, niña? —preguntó el anciano nada más abrir.

Duendidón estaba despeinado, con los ojos semicerrados. Se acabaría de despertar. Tal vez por los gritos de Marta.

—Vengo a devolver este anillo...

—Pero... ¿no me dijiste que era tuyo?

—No, no era mío... Pertenece al tesoro que está dentro del cuento que me llevé —reconoció Marta.

Cuando la niña le devolvió el anillo, el anciano abrió por completo los ojos. La miró con ternura y dijo:

—Sí... Cierto... Ismael y Antonio me preguntaron por ti.

—¿Te preguntaron por mí? —preguntó la niña con un nudo en la garganta.

—Se alegrarán cuando les diga que lo has devuelto.

A Marta se le puso la carne de gallina. No sabía si era verdad o mentira lo que decía aquel viejo de melena y barba blanca. Él asintió con la cabeza y añadió:

—También me pidieron que, si volvías con el anillo, te diera un mensaje.

—¿Un mensaje? ¿Cuál?

—Que esperan encontrarte algún día en otro cuento. Hasta ese momento te mandan un beso muy fuerte.

Marta se emocionó y, para que aquel señor no la viera llorar, se dio la vuelta y echó a correr.

Algunas veces, pasado el tiempo, cuando el bibliobús ya no estaba en el colegio, se preguntaba qué otro niño habría leído aquel cuento. Y... ¿qué aventura habría vivido?... ¿La misma? ¡No! ¡La misma, no!

Seguro que el siguiente lector —pensaba Marta— la sustituyó en la barca y que apareció, todo sorprendido, entre Ismael y Antonio, al lado del cofre abierto.

Pero, claro, eso... ¿quién lo puede saber?

Capítulo 6

ANDRÉS SE CONVIERTE EN GATO

Don Benito, el profesor de Matemáticas, había sorprendido por la mañana del jueves a Andrés lanzando piedras contra los gorriones. Una piedra alcanzó a uno. Cayó al suelo herido, y don Benito le puso tintura de yodo y le entablilló el ala. Tras meterlo en una jaula con comida y agua para que se recuperara, le dijo al niño:

—Cuando acaben las clases de la tarde, te quedarás tú solo escribiendo cien veces en una cuartilla: "Amo a los animales y no los maltrato".

Los niños se fueron a sus casas, excepto Andrés que se quedó copiando y copiando. Al terminar con el castigo, se encaminó al despacho de don Benito para entregarle lo que había escrito. El profesor se lo recogió y le preguntó:

—¿Te gustaría que te tratasen como tú has tratado al pájaro?

—No —respondió, poco convencido.

—Espero que estés arrepentido... Bueno, vete ya a casa... En seguida van a cerrar el colegio.

Al salir del despacho de don Benito, Andrés vio, en medio del patio, el bibliobús. Las ruedas daban pequeños saltos sobre el suelo.

—¿Qué pasará dentro? —se preguntó.

Movido por la curiosidad, se acercó al bibliobús. Había quedado con sus amigos Álvaro y Luis en el parque un poco después. De todas formas disponía del tiempo suficiente para investigar qué pasaba dentro. Entraría con la excusa de sacar un cuento de animales con muchas ilustraciones. Cuando le quedaban todavía unos metros para llegar a la puerta, Duendidón se la abrió con una amplia sonrisa y le invitó a subir.

Dentro, inexplicablemente, el bibliobús no se movía. Todo era silencio. Echó un vistazo por las estanterías. Desconocía que en un autobús cupieran tantos libros. Los había de todos los tamaños, colores y temas. Encontró uno, en cuya portada dos gatos, uno blanco, otro negro, desde lo alto de un tejado, contemplaban un pueblo, rodeado de montañas. Le hizo gracia y lo sacó de la estantería. En ese instante oyó una risita extraña, quizás de niño, pero no vio más que al anciano que, a su vez, le observaba de pie. Rellenó la ficha y bajó del bibliobús con el libro, sujetándolo con una mano.

Al pisar el suelo del patio, ojeó el cuento. Contenía ilustraciones de dos gatos, perseguidos por un perro parecido al de Isidro. Empezó a leer pero, en seguida, algo le hizo levantar los ojos. A pocos metros un gato blanco husmeaba en la papelera del patio.

Andrés lo conocía bien. Frecuentaba el colegio y todos lo llamaban *Perla*. El niño miró alrededor. El colegio estaba desierto. Nadie se daría cuenta si se divertía un poco con el gato.

Aunque llevaba una mochila a su espalda, corrió tras *Perla*, dejando caer el cuento al suelo. Le encantaba coger perros o gatos por el cuello para enredarles por el cuerpo una cuerda que tenía latas viejas en su extremo. Este artilugio de tortura para los animales lo llevaba siempre en su mochila. Álvaro y Luis le ayudaban frecuentemente en sus fechorías. La mayoría de los días tenían que hacerse con una nueva cuerda, porque el gato o el perro se la llevaban enredada en su alocada huida. La tarde anterior, Andrés había perforado varias latas viejas y las pasó por un largo cordón de zapato que encontró por la calle. Luego, lo había guardado entre sus libros dentro de su mochila.

Corrió con todas sus fuerzas detrás de *Perla,* pero éste era muy rápido. Iba de un lado a otro del colegio maullando. A toda velocidad el gato se dirigió hasta el gimnasio. Andrés lo perseguía con grandes zancadas. Al final, el felino saltó hasta un tejado y desapareció de la vista.

—¡Bah! Otro día te cogeré —pensó Andrés, y decidió regresar al patio y recoger el libro que se le había caído.

Mientras volvía, notó que la mochila le pesaba como nunca. La tuvo que dejar en el suelo. Trató de exclamar:

—¡Parece que llevo encima una montaña!

Pero sólo dijo:

—¡Miau! ¡Miau!

Creyó que quien había maullado era *Perla.* Quiso preguntarle gritando;

—¿Dónde te has escondido?

Pero sólo articuló:

—¡Miau, miau!

Andrés se asustó. Se quitó la mochila. Pesaba muchísimo. Al dejarla en el suelo, comprobó que sus manos tenían garras, sus piernas eran cortas, peludas y muy negras. Sintió el irrefrenable instinto de colocarse a cuatro patas.

—¿Qué me sucede? —intentó preguntarse en voz alta.

Pero de su boca únicamente salió:

—¡Miau, miau!

Se examinó detenidamente. ¡Se había convertido en gato! ¡Tenía bigotes de gato, colmillos de gato, tamaño de gato, rabo de gato! ¡Era un gato!

Se hubiera quedado toda la tarde mirándose, si no hubiera venido un perro ladrando contra él.

—¡Guau! ¡Guau! ¡Guau!

Se trataba de *Pirata,* el perro de Isidro. Cuando se iban los niños, lo soltaba para que cuidase el colegio.

—¡Tengo que escapar! —se gritó a sí mismo (tú sabes lo único que pudo decir: ¡Miau! ¡Miau!).

Saltó al mismo tejado por donde se había escapado *Perla,* pero no tenía todavía la habilidad de un gato. Al menos de un gato que lo hubiese sido toda la vida. No llegó hasta la altura necesaria y volvió a caer. Antes de que tocara el suelo, *Pirata,* que lo esperaba con la boca abierta, ¡RASS!, le clavó un colmillo en su cola. Sintió tanto dolor que, en lugar de seguir cayendo, se elevó por encima del hocico de *Pirata.* Tras varias piruetas por el aire, aterrizó justo encima del montón de estiércol que estaba preparado para abonar el jardín. Salió del estiércol con un apestoso olor en todo su cuerpo.

Pirata se lanzó sobre él; Andrés lo esquivó de milagro. Huyó tan rápido como le fue posible. El perro corría y corría, le estaba dando alcance. Entonces, recordó el hueco de la pared trasera por donde huyó *Zacarías,* el gato de la casa de enfrente, cuando en compañía de Álvaro y Luis, lo perseguía una vez. Era un hueco muy pequeño y, ¡ZASS!, Andrés se coló, aunque con dificultad. Persiguiéndole, también *Pirata* intentó colarse pero, como era tan grande, sólo consiguió meter el morro, que se le quedó atrancado. *Pirata* quería ladrar pero, como no podía sacar el hocico, sólo le salía:

—¡BUAFF! ¡BUAFF! ¡BUAFF!

El gato Andrés salió del hueco por otro lado, que daba al recinto donde los profesores aparcaban sus coches. Divisó el de don Benito que, ya en marcha, salía del colegio. Tras una larga carrera, de un enorme salto se subió al capó trasero. El profesor desconocía que transportaba a Andrés como pasajero e incrementó la velocidad del automóvil. *Pirata*, que ya había conseguido sacar el morro del agujero, localizó a Andrés. Se lanzó contra él, pero el coche iba demasiado rápido. Andrés se despidió del perro, mostrándole su lengua de gato, a lo que *Pirata* contestó rabioso con unos ladridos que parecían significar:

—¡Me las pagarás! ¡Me las pagarás!

Pasados unos minutos, Andrés se lanzó al suelo, mientras el coche de don Benito se perdía entre las calles. De haber sido un gato más experimentado, habría caído sobre sus cuatro patas, como caen todos los gatos. Sin embargo, ¡PLOFF!, lo primero que puso en tierra fue la cabeza. Un enorme chichón no tardó en aparecer.

Enfrente estaba el parque, donde Andrés había quedado con Álvaro y Luis. A lo lejos se les veía sentados en un banco, terminando de pasar varias latas por una cuerda, tras haberles hecho un agujero en el fondo. Pensó que, como eran sus mejores amigos, le reconocerían. Al fin y al cabo, tenía el mismo color por todo el cuerpo que antes, de niño, en el pelo: negro. También el color de los ojos —supuso— seguiría siendo verde. Se acercó a ellos entonando una canción de piratas que les gustaba a los tres, lo cual facilitaría su reconocimiento.

Sus amigos llevaban un buen tiempo esperando a Andrés. Al ver aquel gato, se levantaron del banco y se dijeron:

—Lo cogeremos; sí, le enredaremos la cuerda por el cuerpo.

Andrés, entre tanto, siguió cantando aquella melodía de piratas pero, claro, los niños sólo oían maullidos sin ningún significado. Se abalanzaron sobre él tan rápidamente que a Andrés no le dio tiempo de escapar. Luis le cogió del rabo y Álvaro del cuello.

—Ya te tenemos, gatito.

—¡Soy yo, Andrés! ¡Soltadme! ¡Soltadme! —exclamaba, aunque en verdad articulaba: ¡Miau! ¡Miau! ¡Miau!

Comenzaron a pasarle la cuerda por todo el cuerpo.

—¿No notas que este gato huele muy mal? —preguntó Álvaro, tapándose la nariz con la mano.

—Sí, como a estiércol —contestó Luis.

—¿No se parece un poco a Andrés? —preguntó Álvaro, sonriendo.

—Sí... Cuando no se lava... ¡Ja, ja, ja...!

Los dos chicos comenzaron a soltar grandes risotadas, mientras terminaban de pasar la cuerda por las patas, el rabo, el tronco, el cuello... Una señora, al ver lo que hacían con el pobre gato, increpó a los niños:

—¡Salvajes! ¡Soltad al gato!

Álvaro y Luis huyeron. Andrés se marchó gateando. Quizás la señora le habría podido quitar la cuerda, pero él deseaba estar solo...

Mientras marchaba, las latas que iban al extremo de la cuerda iban sonando. Se sintió humillado.

Tomó el camino que conducía al colegio.

—Tal vez si recojo el cuento que se me cayó en el patio y lo devuelvo al bibliobús, me haré niño de nuevo... —pensó.

Todavía debía cruzar dos calles para llegar al colegio y, sin embargo, ya se

oían los fieros ladridos de *Pirata*. Andrés se acercó a la verja, cuya puerta estaba cerrada. El perro le vio y ladró con más fuerza. Andrés se quedó mirando cómo entre las rejas asomaban los colmillos de *Pirata*, amenazando.

—¿Cómo voy a devolver el cuento, si ni siquiera me atrevo a entrar al colegio? —se preguntó.

—Si quieres, puedes entrar conmigo saltando de tejado en tejado —le dijo una voz detrás de él.

Había hablado con el lenguaje de los gatos, y Andrés lo había entendido. Los seres humanos sólo habrían oído maullidos.

Al volverse, encontró a *Perla,* el gato blanco al que esa misma tarde había estado persiguiendo.

—Muchas gracias, pero no deberías ayudarme... Yo soy el niño que te persiguió hace unos minutos...

—¿Tú?

—Sí... No sé cómo me he convertido en gato.

—¡Qué raro! Pero no te preocupes. Te ayudaré.

—¿Cómo?

—En el tejado más alto del colegio estarás seguro. Allí hablaremos. Acompáñame —le propuso *Perla*.

Antes de dar un solo paso, *Perla* comenzó a olfatear a Andrés. No pudo resistir la tentación de decirle:

—Pero, ¡qué mal hueles! ¿Es que no te lavas?

Andrés sintió una terrible vergüenza y se explicó:

—Verás. Soy un poco torpe como gato y... me he caído en el montón de estiércol del colegio, cuando intentaba huir de *Pirata*.

—Pues, podrías haberte caído en los rosales —sugirió Perla, que movía el hocico, intentando esquivar el olor.

Ambos subieron a una tapia del colegio. Andrés no tenía la pericia de *Perla*, pero le costaba cada vez menos desenvolverse como gato. Desde la tapia saltaron los dos hasta el tejado del gimnasio, para alcanzar posteriormente el tejado de los comedores y, por último, el del laboratorio de Biología, que era la cima del colegio. Mientras las latas delataban cada movimiento de Andrés, *Pirata* ladraba con rabia por no poder atrapar aquellos dos gatos.

Ya en las alturas, *Perla* le dijo:

—Mira. La vista es preciosa.

Efectivamente, desde lo alto se contemplaba todo el colegio: el patio, el bibliobús en el centro, las aulas, el campo de deportes... Y más allá todo el pueblo, rodeado por las montañas: la iglesia, el ayuntamiento, el parque, los tejados de las casas...

—Nunca me había fijado en los tejados. ¡Qué bonitos son! —reconoció Andrés, que recordó la portada del cuento, donde también dos gatos contemplaban un pueblo desde lo alto de un tejado.

—Sí... Unos altos, otros más bajos, unos con tejas rojas, otros con negras... Cuando hace buen tiempo, duermo sobre ellos. Una noche en uno, otra en otro. Tú podrías hacer lo mismo... Si quieres, vendrás conmigo.

Andrés no había reparado en ello. Tendría que dormir, ya como gato, en un tejado o similar. A lo peor sus padres no le reconocerían nunca. Esa misma noche su madre, al ver que en lugar de su hijo regresaba un gato a casa, se quedaría muy triste. A Andrés se le puso un nudo en la garganta.

—No es tan malo ser gato. Quizás te guste —le dijo *Perla*.

Andrés calló y miró al patio. Al cabo de unos minutos se fijó en el bibliobús. Dentro ocurría algo muy extraño porque se inclinaba hacia la izquierda, y luego hacia la derecha, y otra vez hacia la izquierda, y otra vez hacia la derecha. Así continuamente. En cualquier momento, podría inclinarse demasiado hacia un lado y caer. *Pirata* ladraba al tiempo que corría en torno al bibliobús.

—¿Qué ocurre dentro? —preguntó Andrés.

—No lo sé. Desde que vino, todas las tardes y las noches, cuando ya no hay niños, se mueve así. Es muy extraño —respondió *Perla*.

Al rato, se abrió la puerta del bibliobús. Bajó Duendidón. Se dirigió hacia un lado del patio. Recogió algo del suelo. Andrés se acordó de que en ese sitio se le había caído el cuento, cuando se puso a perseguir a *Perla*.

Duendidón se acarició la melena blanca y, con el libro en la mano, echó una mirada hacia los tejados del colegio. ¿Localizaría a Andrés? Estuvo mirando un buen rato. Luego, se metió en su autobús.

No habían pasado muchos segundos (tal vez Duendidón dejó el cuento en la estantería), cuando *Perla* le dijo a Andrés:

—Mírate... ¡Te estás convirtiendo en niño!

Efectivamente, su cuerpo peludo de gato fue alargándose y perdiendo el pelo. Sus patas delanteras se desprendieron de las garras y mostraron uñas humanas. Desapareció el bigote felino y el rabo y las orejas puntiagudas.

Aprovechó para quitarse la cuerda que le enredaba el cuerpo. En unos segundos de transformación, era el niño de siempre. Bueno, el de siempre no. Porque, antes incluso de bajar del tejado con *Perla*, Andrés, sin leer el cuento de animales que sacó del bibliobús, había aprendido una lección sobre ellos.

A partir de entonces, fue el mejor amigo de los animales, su mayor defensor. Convenció a Álvaro y a Luis para que, en lugar de maltratar a los gatos y a los perros, se dedicasen juntos a cuidarlos.

Cuando en el parque, las personas veían a Andrés, Luis y Álvaro dando de comer a las palomas o a los gatos, se decían:

—No hay quién los reconozca.

—Pero... ¿son aquellos que perseguían a los gatos y lanzaban piedras a los pájaros?

—¡Cómo han cambiado estos niños!

Andrés decidió que sería médico de animales, es decir, veterinario. Álvaro y Luis siguieron sus mismos pasos y, entre los tres, bastantes años después, establecieron en el pueblo una clínica veterinaria.

De lo ocurrido aquella tarde, sólo le quedó una pena para siempre. Como no se atrevió a regresar al bibliobús, para que Duendidón no le regañase por haber abandonado el libro en el suelo del patio, y como el bibliobús se marchó unos pocos días después, no tuvo oportunidad de reencontrarse con aquel cuento. Me refiero a aquél en cuya portada dos gatos, uno blanco, otro negro, contemplaban un pueblo, rodeado de montañas, desde lo alto de un tejado. No lo encontró en ninguna de las bibliotecas y librerías de los países que visitó de mayor. Y eso que estuvo en las mismas tierras remotas que el bibliobús: Mongolia, China, Alaska, Senegal, Madagascar...

De todas formas, siempre le pareció curioso que, aunque no llegó a leer el cuento, se imaginaba perfectamente las aventuras que contaba.

¡Él mismo las había vivido!

Capítulo 7

¿DÓNDE ESTÁ PABLO?

Las leyendas en las que aparecían castillos abandonados con fantasmas le apasionaban. Por eso, Pablo el viernes fue directamente a la estantería que el bibliobús destinaba a esta clase de cuentos. Había más de treinta. Ojeó algunos. En uno aparecían ilustraciones con espíritus demasiado terroríficos.

—¡Qué miedo! —exclamó dejándolo otra vez en su sitio.

En otro los dibujos que acompañaban al texto mostraban a un fantasma, representado por una sábana con dos agujeros que, a su vez, simbolizaban los ojos.

—¡Bah! Esto es demasiado infantil —pensó.

El tercero le sedujo. Una escena muy divertida constituía la portada: un grupo de señoras desayunaba magdalenas en una cafetería mientras un fantasma, al que ellas no podían ver, despeinaba a una de las mujeres con sólo soplar. A la derecha del dibujo, un camarero, que traía zumos en una bandeja, tropezaba y las bebidas de la bandeja caían sobre las señoras.

Pablo rellenó la ficha de préstamo y se llevó el libro. Antes de salir por la puerta, Duendidón le dijo:

—Este bibliobús estuvo hace unos meses en Madagascar, una isla muy remota. Una niña sacó este cuento. Al cabo de unos días, lo devolvió y me pidió: "advierte al siguiente lector que tendrá muchos problemas, mientras no lo devuelva".

—¿Por qué? —preguntó extrañado Pablo.

—No sé. No llegó a decírmelo... Léelo. Ya me contarás si es verdad.

Pablo metió el cuento en su cartera y se fue a clase de Matemáticas. Don Benito hablaba y hablaba de números y más números. Por la ventana se veía llover. La pizarra poco a poco se poblaba de miles de ejercicios matemáticos, arriba, abajo, en el centro, a la izquierda, a la derecha. Los ojos y los oídos de los niños se llenaron de sumas y restas y multiplicaciones y divisiones y más divisiones...

Sin que el profesor lo advirtiera, Pablo cogió el libro de su cartera y lo dejó abierto en la cajonera que había bajo la mesa. Aunque había sacado el cuento para pasar un fantasmagórico fin de semana, aprovechaba cada vez que don Benito escribía en la pizarra para leer unos párrafos.

El cuento narraba las aventuras de un niño que, de repente, se convierte en fantasma. Durante un largo rato, en el que don Benito llenaba la pizarra con números, Pablo se metió tanto en las aventuras de aquel simpático fantasma del cuento que se olvidó incluso de dónde estaba. Iba a llegar al momento que recogía la portada: el fantasma levantaba los pelos de una señora soplando y se armaba un jaleo tremendo en la cafetería...

Le devolvieron a la realidad los gritos de don Benito:

—¡Pablo! ¡Pablo! ¿Dónde te has escondido?

El niño no entendía el porqué de la pregunta. Dejó el libro en la cajonera y levantó la mano:

—Aquí.

Pero el profesor volvió a preguntar:

—Pablo, ¿dónde te has escondido?

Todos los niños miraron bajo las mesas como para buscarle.

—Estoy aquí. ¿Es que no me veis? —gritó Pablo, extrañado del comportamiento de sus amigos.

Nadie le debía de ver porque se formó un murmullo entre sus compañeros.

—Ha debido escaparse por la ventana —decía uno.

—No. Seguro que ha salido por la puerta sin que nos diéramos cuenta —añadía Andrés, su compañero de pupitre.

—¿Dónde habrá ido? —preguntaba otro.

Pablo gritaba y saltaba en su sitio. Sin embargo, nadie le veía ni le oía. Y le seguían buscando. El profesor miró por la ventana y comentó a continuación:

—Tampoco se le ve por el patio.

Tras unos minutos de búsqueda, don Benito pidió a los niños que le dijeran dónde podía haber ido. Ninguno sabía nada.

Pablo se asustó. Por más que chillaba al oído de Ricardo, éste no le oía. Aunque daba saltos de un lado a otro del aula, ni su profesor ni sus compañeros se daban cuenta. Se subió a la mesa del profesor y gritó con todas sus fuerzas, pero nadie se enteró.

—¡Me he convertido en fantasma! —se lamentó.

Miró a don Benito. Comentaba ante los niños que Pablo era un diablillo que, al escaparse de su clase, había cometido una travesura muy grave.

—Tarde o temprano sufrirá las consecuencias —afirmó solemnemente don Benito.

Pablo quería defenderse pero comprendió que no servía de nada. No sería oído ni visto por don Benito ni por sus compañeros. Se le ocurrió una buena idea: escribir lo que le había sucedido en la pizarra. Borró los números que había puesto el profesor, mientras éste hablaba a los alumnos, de espaldas a la pizarra. Los niños vieron cómo el borrador se movía solo y eliminaba todo lo escrito. Unos quedaron boquiabiertos. Otros se echaron a reír. Don Benito se volvió y estuvo a punto de desmayarse. El borrador estaba terminando de dejar limpia la pizarra. Los ojos se le salían de las órbitas. No logró articular una palabra. Pablo cogió a continuación una tiza y escribió:

Soy Pablo.

No me he ido de clase.

Estoy aquí.

Me he convertido en fantasma.

El silencio más absoluto se hizo. Todos estaban con la boca abierta. Don Benito restregaba sus ojos con las manos por si eran alucinaciones lo que creía estar viendo. Pablo se rió tanto que cayó al suelo desternillándose de risa. Volvió a mirar a sus compañeros y temió que del asombro pasasen al miedo. De hecho, a Berta y a Elisa, las hermanas gemelas, les asomaban unas lágrimas en sus ojos. Decidió irse. Estaba seguro de que pasaría a través de la pared, pero, al intentarlo, se dio de narices contra el muro.

—¡Ay! ¡Ay! ¡Ay! —se quejó de dolor.

De fantasma tenía el ser invisible, pero no el atravesar paredes.

En cuanto se recuperó, fue hasta la puerta, saludando a sus amigos, y se marchó. Tanto don Benito como los niños únicamente vieron que la puerta se abría sola para cerrarse a continuación de la misma manera.

Caminó por los pasillos del colegio pensando qué hacer. El director venía despistado canturreando una canción de moda. Don Pedro trataba muy bien a los niños. Le gustaba hablar con ellos y ayudarles. Pablo pensó que quizás él pudiera solucionar su problema o, al menos, aconsejar.

—¡Eh, don Pedro! ¡Ayúdeme, por favor! ¡No entiendo cómo, pero me he vuelto invisible! —gritó a su oído.

Como podrás imaginarte, el director no le oyó.

—¡Eh, don Pedro! ¡Ayúdeme, por favor! —repitió Pablo.

El director siguió andando en dirección a su despacho. Iba a meterse en él, cuando Pablo pensó que debía hacerse notar de otra forma. Agarró una papelera que había en el suelo enfrente del despacho y la alzó con sus manos. La movió ante los ojos de don Pedro que, al ver cómo ese objeto revoloteaba ajeno a la ley de la gravedad, se quedó sin respirar y con los ojos blancos. Pablo le chillaba, pero el director sólo percibía que una papelera flotaba ante sus narices.

Después de un buen rato, don Pedro miró alrededor por si alguien estaba presenciando lo mismo que él. No había nadie más. Así que cerró y abrió los ojos un par de veces, y salió corriendo en dirección contraria a su despacho. Cuando dobló la primera esquina y dejó de ver aquel suceso tan extraño, consideró que lo mejor sería despejar su mente paseando por el patio bajo la lluvia. Allí el aire fresco le hizo sentirse mejor y se dijo:

—Esto me pasa por trabajar demasiado.

Pablo salió por la puerta principal del colegio muy pensativo. No se daba cuenta de que iba pisando los charcos. Tenía que hallar la forma de recuperar su visibilidad. Quizás en la cafetería de enfrente podría entrar en la cocina, echarse por encima harina o leche, y, de esta forma, cubrirse con una capa blanca que le haría visible.

Cruzó la calle corriendo por el paso de cebra. Pero, claro, como no se le veía, una moto muy veloz casi le atropella. Menos mal que un segundo antes de que la moto lo arrollara, se quedó quieto y ella pasó sólo rozándole.

Con el susto metido en el cuerpo, llegó a la cafetería. Miró por los cristales. Había poca gente y todo estaba tranquilo. No le costaría meterse en la cocina. Nada más entrar, se fijó en que en un rincón se encontraba un grupo de señoras desayunando magdalenas. Las observó detenidamente y recordó la portada del cuento. Sí. Eran las mismas señoras, la misma mesa, las mismas magdalenas. Faltaba el fantasma que despeinaba a una de ellas. Pero eso contaba con fácil solución.

Se acercó a la que estaba hablando y sopló sobre su melena. El pelo no se movió mucho, pero la señora notó en seguida que una brisa cálida le estaba llegando. Miró alrededor y preguntó a sus amigas:

—¿No os está llegando una ráfaga de aire a la cabeza?

—No. A mí no —respondió una.

—A mí tampoco —reconoció otra.

Pablo siguió soplando a la señora, mientras con una mano movía la mesa.

—¡AAAHHH! —gritaron todas al ver que las tazas y los platos temblaban sobre el mantel.

Pablo también se asustó por el grito y se quedó quieto.

—A lo mejor es que está abierta una ventana y hay corriente —sugirió una para tranquilizar a sus amigas y, de paso, a ella misma.

Hubo unos segundos de silencio y, como no pasaba nada más, no le dieron importancia y continuaron hablando de sus hijos.

—¡Ja, ja, ja! —se rio Pablo.

Mientras las señoras charlaban, Pablo tuvo otra idea. Con los dedos cogió dos puntas de la melena de otra señora y las levantó. Las demás, al ver que a su amiga se le habían subido dos mechones de pelo, se echaron a reír. Ella se levantó asustada chillando. El camarero que traía en una bandeja unos zumos y magdalenas, al oírla, corrió hacia la mesa. Con las prisas tropezó y las bebidas cayeron sobre los vestidos de las clientas.

Pablo se tiró al suelo, tronchándose de risa. Afortunadamente para él nadie le oía. Luego, cuando vio todos los vestidos manchados, se arrepintió de su gamberrada. Iba a disculparse pero... ¿de qué serviría?

Recordó que esa misma escena era la que aparecía en la portada del cuento: las mismas señoras, el mismo camarero que tropieza, las mismas bebidas cayendo sobre las clientas, el fantasma juguetón...

—¡Qué curioso! —exclamó.

Siguió al camarero que fue a coger agua de la cocina para limpiar las manchas de los vestidos. El cocinero, un forzudo completamente calvo, preparaba una tarta gigante de nata, chocolate y diversos frutos secos. Al lado tenía una fuente de nueces peladas y un plato con harina. Pablo, antes de coger la harina, que era en verdad a por lo que había ido a la cocina, agarró una nuez y se la comió. Al forzudo se le puso un nudo en la garganta cuando vio que una nuez se elevaba por los aires y desaparecía. Iba a gritar pero todavía resultó más raro lo que vio después. El plato de la harina se alzó solo y se volcó. Cayó toda la harina pero, en lugar de llegar al suelo, fue formando la silueta de un niño.

Al principio, el cocinero no supo cómo reaccionar. La silueta de harina podía ser un monstruo. Agarró una sartén y empezó a dar golpes a aquella sombra blanca. Pablo recibió dos sartenazos en la cabeza y otros dos en la espalda. Antes de que el forzudo siguiera golpeándole, salió de la cocina gritando:

—¡Ay! ¡Ay!

En el comedor también las señoras, al verlo, se asustaron y empezaron a chillar:

—¡Un monstruo! ¡Un monstruo!

El cocinero, que salió de la cocina, le alcanzó y le propinó una patada en el trasero tan fuerte que, por el impulso recibido, Pablo salió disparado de la cafetería. Y eso gracias a que la puerta estaba abierta; si no, se hubiera estrellado contra ella.

En la calle dos perros salchicha, a los que paseaba una mujer muy delgada con un paraguas rosa, le ladraron con furia.

—¡Guau! ¡Guau!

—¡Guau! ¡Guau!

Uno logró soltarse de la cadena de su ama y se puso a perseguir a Pablo. Éste, en seguida, vio un árbol a escasos metros y trepó por el tronco. Consiguió alcanzar la rama más gruesa y se sentó sobre ella. Mientras, abajo el perro le continuaba ladrando.

—¡Guau! ¡Guau! ¡Guau!

También algunas personas, que pasaban por la calle, se pararon a observar aquella figura tan extraña subida al árbol. Incluso un cuervo, que volaba por allí, bajó para darle unos picotazos en la cabeza.

—¡Ay, ay! —se quejó y comenzó a mover los brazos para espantar al pájaro, que tenía la intención de seguir atacando con su duro pico. Con el balanceo perdió el equilibrio y le faltó muy poco para caer al suelo. Se llevó un buen susto...

Estaba en una situación muy difícil: sentado sobre una rama y a la vista de casi todo el mundo.

—Debo hacerme invisible de nuevo —pensó.

Con las manos se fue quitando la harina del cuerpo. En menos de un minuto, también con la ayuda del agua de lluvia, volvió a ser el fantasma de antes.

—Creo que ese monstruo se ha ido ya —dijo un hombre mirando al árbol.

—Sí. Ya no se le ve —añadió otro.

—A lo mejor era un extraterrestre y ha vuelto a su planeta —sugirió un anciano apoyado en un bastón.

El perro dejó de ladrar y regresó con su ama. Cuando no había nadie bajo el árbol, Pablo descendió. Estaba triste y cansado. Todavía sentía los picotazos del cuervo. Le dolía la cabeza y la espalda por culpa de los sartenazos. Se había hecho unos rasguños en los codos y en las rodillas al trepar por el tronco.

—Toda la culpa la ha tenido ese estúpido cuento —se dijo.

Una voz interior le sugirió que debía desembarazarse de él. Si nunca lo hubiera leído, ahora no estaría metido en aquel lío.

—Si lo devuelvo, tal vez recupere mi cuerpo —pensó.

Regresó al colegio andando con mucho cuidado para que no le pisasen en la acera, ni le atropellasen los coches en el paso de cebra. Nada más pasar por la puerta de la verja, echó un vistazo al bibliobús que seguía, como ya hacía unos días, en el patio con su misteriosa figura. Tan viejo. Las ruedas soportaban a duras penas el peso descomunal de miles de libros. La matrícula estaba a punto de caer al suelo, porque de las dos cuerdas carcomidas que la sujetaban a la carrocería una ya se había roto. El bibliobús, aunque era amarillo e incluso con lunares de colores, como estaba más sucio que hacía unos días, ahora parecía negro. Intentó mirar por las ventanas, cubiertas por una capa de polvo tan gruesa que no permitía ver el interior. El agua de lluvia no la había limpiado.

Se dirigió a su clase. Oyó que dentro estaba doña Inés, la profesora de flauta. Sus compañeros tocaban con el instrumento una canción infantil muy divertida.

Abrió la puerta y, en seguida, se hizo el silencio en clase. Todos vieron cómo la puerta se abría y cerraba sola. Fue a su sitio y agarró el cuento que estaba en la cajonera de la mesa. Se lo llevó, mientras doña Inés y los niños miraban perplejos cómo un libro se elevaba por los aires y se marchaba de clase.

Aunque Pablo estaba muy preocupado por su situación, al cerrar la puerta y recordar las caras que se les habían quedado a sus compañeros, se rió hasta llorar de risa.

Luego, cruzó todos los pasillos. Detrás de él, los profesores que pasaban y veían al libro volar se quedaban con la boca abierta. El director, que iba a su despacho con un montón de papeles, al verlo, los dejó caer al suelo y se dijo en voz alta:

—Necesito volver a tomar aire fresco. Trabajo demasiado.

Pablo llegó al patio. En medio estaba el bibliobús. Pensó que dejaría el libro en la puerta y que, sin más, se iría. Sin embargo, un impulso le hizo golpear la puerta con los nudillos.

—¡Qué susto se llevará Duendidón cuando vea el cuento flotando en el aire! —pensó Pablo.

El anciano salió y dijo:

—Hola, Pablo.

—¿Cómo sabe quién soy? —preguntó sorprendido el niño.

Duendidón no respondió y simplemente añadió:

—Me alegro de que hayas traído el cuento. Por favor, pasa otro día por aquí y me aclaras si debo decir al siguiente lector que éste es un libro muy peligroso. ¿Vale? Ahora tengo trabajo.

—Vale —respondió Pablo.

—Adiós —dijo el anciano y, metiéndose en el bibliobús, cerró la puerta.

—Adiós.

Pablo no sabía dónde ir. ¿Qué hacer? No tuvo tiempo de tomar ninguna decisión porque en seguida oyó:

—Pablo, por fin te veo el pelo.

El niño se giró y vio a don Pedro, que acababa de salir para tomar aire y despejar la mente.

—Don Benito me ha dicho que te habías escapado de su clase, ¿es verdad?

Pablo no era capaz de responder. Estaba radiante de alegría. ¡Por fin le veían! El cuento, ya dentro del bibliobús, no le afectaba.

—¡Regresa a tu clase inmediatamente! ¡Inmediatamente! —gritó don Pedro.

—Sí... Ahora mismo —respondió y echó a correr feliz.

La verdad es que nunca volvió al bibliobús para advertir que aquel cuento de un fantasma era peligroso. Aunque casi le atropellan, aunque sufrió algunos sartenazos, una patada, unos picotazos y algunos rasguños, también se lo pasó muy bien.

—Bueno, ¡que el siguiente lector se meta en su propia aventura! —pensó.

Capítulo 8

CATALINA TODO LO RIMA

Catalina era de pelo largo y castaño, adornado con un enorme lazo que siempre conjuntaba con el color de su vestido. Tenía una cara muy graciosa, salpicada por grandes pecas. Llevaba zapatos de charol relucientes, tan relucientes que parecían dos estrellas. Algunos niños creían que era una niña cursi, pero todos reconocían su simpatía.

El viernes, antes de que empezasen las clases, se acercó al bibliobús para sacar un cuento. Preguntó a Duendidón:

—¿Cuál me puede gustar?

—A ver, a ver... ¿Te gustan los libros que tienen algo de poesía?

—No lo sé. Nunca he leído ninguno.

—Pues entonces —dijo, sacando uno de la estantería— para Catalina... uno con poesía.

Le entregó un libro titulado *Aventuras en verso*, en cuya portada aparecía un diminuto ser verde que susurraba algo al oído de un niño. Ella comenzó a leerlo de pie dentro del bibliobús. Aunque el tiempo iba pasando, no pudo dejarlo. Era muy divertido.

* * *

Narraba los líos en los que un libuende metía a un niño, del que conseguía que hablase rimando. Tanto si le preguntaban qué quería comer, como si le pedían que dijera su nombre, el libuende Libuendador se las ingeniaba para que el niño respondiera con unos versos. A veces, tenían sentido. A veces, eran absurdos.

* * *

Catalina se quedó mucho tiempo embobada con los jaleos que armaba aquel niño. Duendidón la observó con una sonrisa dibujada en los labios. Al cabo de un rato, le preguntó:

—¿Te está gustando?

—Sí, Duendidón, me gusta un montón.

—¡Te ha salido un pareado! —exclamó Duendidón carcajeándose.

A Catalina también le hizo gracia. Duendidón la besó con la mirada y añadió:

—Se te está haciendo tarde. Quizás ya te hayas perdido alguna clase... Ten en cuenta que este libro es muy peligroso.

—¿Por qué va a ser peligroso? ¡Si me parece delicioso!

—Verás... En él habita el libuende Libuendador y gusta de hacer travesuras con el lector... A veces sí, a veces no. Depende de cómo sea el lector. Si es un niño muy serio, no jugará con él. Pero si se trata de una niña... como tú, tan graciosa...

El anciano no quiso terminar la frase y se marchó a la otra parte del bibliobús, donde tenía una mesa. Se sentó a ordenar unos papeles. Catalina no creyó lo que le había dicho.

—¡Bah! ¡Qué tontería! ¡Sólo es un libro de poesía! —pensó.

Rellenó una ficha de préstamo y metió el libro en su mochila. Cuando iba a salir, Duendidón, sentado ante un montón de papeles, le dijo:

—Disfrútalo.

—Sí. Este cuento es un buen invento.

—¡Qué gracioso! Te ha salido otro pareado —le dijo Duendidón.

Catalina salió muy orgullosa de sus ocurrencias. Había compuesto varios pareados sin pensarlo siquiera. Nada más bajar del bibliobús, se dio cuenta de que llovía. Sacó un paraguas plegable de su mochila y lo abrió. Por el patio venía Isidro. Se estaba calando. Transportaba a duras penas un jarrón gigante de color rojo. Aunque lo abrazaba con mucha fuerza, el jarrón era tan grande que no le dejaba ver por dónde iba. Tenía que torcer la cabeza para ver por un lado. En seguida se percató de la presencia de Catalina que, guarecida bajo el paraguas, lo contemplaba asombrada de ver un recipiente tan grande.

—¡Vaya jarrón que han regalado al colegio! Seguro que pesa más de mil kilos —le dijo Isidro a Catalina.

La niña le veía tambalearse. Sintió un extraño impulso y le advirtió:

—Isidro, ten mucho cuidado con el jarrón colorado.

—Ja, ja, ja —se rió Isidro del consejo rimado de Catalina. Tanto que, efectivamente, casi se le cae de las manos el jarrón.

Isidro, al tiempo que caminaba, empezó a explicarle a la niña que una señora muy rica, antigua alumna, acababa de donar ese jarrón para que decorase el salón de actos. Como seguía avanzando mientras hablaba, no vio un pequeño agujero que había en el suelo. Tropezó. Procuró hacer mil y un equilibrios para que el jarrón no se le cayera pero, al final, ¡PLASSS!, al suelo tanto Isidro como el jarrón. Éste se fragmentó en mil pedazos. Isidro rodó con tan mala suerte que terminó dándose con la cabeza en el suelo.

—¡Ay! ¡Ay! ¡Qué daño me he hecho! —se lamentaba Isidro, tocándose la frente.

Catalina se agachó para ayudarle a levantarse, al tiempo que le dijo:

—¡Ay, Isidro! ¡Vaya tropezón! ¿Te ha salido un chichón?

Isidro se levantó y, llevándose una mano a la frente, le respondió:

—Sí, creo que me va a salir uno enorme.

Se sacudió un poco el barro de los pantalones. Contemplando los trozos de jarrón esparcidos por el suelo, comentó:

—¡La verdad es que era muy feo!

Catalina no pudo impedir que de su boca saliese otro pareado:

—Sí, era más feo que mi tío Teo.

La niña no entendía por qué lo había dicho. ¡Si ni siquiera tenía un tío que se llamase Teo! Isidro, desconcertado, se volvió hacia ella, diciéndole:

—Gracias... Muchas gracias... Ahora debes ir a clase. Es tarde

Catalina asintió y continuó su camino. Isidro se quedó mirándola y, antes de que desapareciera de su vista, le preguntó a gritos:

—¿Catalina, te has dado cuenta de que te han salido varios pareados?

Ella no respondió, pero pensó que la habían contagiado las rimas del niño, cuyas aventuras había empezado a leer en el bibliobús. Antes de entrar en clase,

se encontró en el pasillo con doña Inés, la profesora de música, que la saludó:

—Buenos días, Catalina.

—Buenos días... mandarina —respondió sin poder contenerse.

Huyó avergonzada. Doña Inés la miró con desconcierto y, cuando quiso decir algo, Catalina ya había desaparecido. La verdad es que no había querido llamar "mandarina" a doña Inés pero, como rimaba con "Catalina", sintió la necesidad de pronunciar esa palabra. Entonces se acordó del libuende que había en la portada del libro. Aquel ser diminuto susurraba al oído del niño palabras que rimaban, viniesen o no al caso. Pensó que probablemente Libuendador andaba también por ahí cerca. De hecho, incluso le pareció oír unas risitas. No supo de dónde procedían. Quizás de la mochila, donde llevaba guardado el libro. Pero no estaba segura y tampoco disponía de tiempo para comprobarlo.

Entró en clase. Sus compañeros copiaban en los cuadernos unas operaciones matemáticas que Don Benito escribía en la pizarra. Se sentó en silencio, sin que el profesor, de espaldas a ella, se percatara de que había entrado. Don Benito llenaba la pizarra con sumas, restas, multiplicaciones y divisiones gigantes. A Catalina se le debió de poner cara de pánico al ver tantos ejercicios, porque Margarita, su compañera de pupitre, le preguntó:

—Catalina, ¿qué te pasa?, ¿te encuentras mal?

La niña, cerrando los ojos, exclamó en voz alta:

—De ver tanto y tanto número me duele el... tu-ru-tu-rú-me-ro.

Los niños se echaron a reír. ¿Qué era eso del tu-ru-tu-rú-me-ro? Don Benito dejó de escribir en la pizarra, pensó un rato qué podía ser un tu-ru-tu-rú-me-ro, y, al darse cuenta de que era una palabra inventada, preguntó muy enfadado:

—¿Quién ha dicho esa rima?

Se hizo un silencio absoluto en clase. Catalina se puso colorada. Isabel, una compañera sentada en la última fila, la acusó:

—Ha sido Catalina.

—Pues... ¡Ha dicho una... tonterina! —replicó el profesor.

Como había vuelto a salir otro pareado, al decir "tonterina" por "tontería", los niños estallaron en carcajadas. También el propio don Benito estalló en una carcajada tremenda. Entre todas las risas, nadie más que Catalina pudo distinguir una muy especial, más nerviosa y alocada: la de Libuendador. Otra vez creyó que procedía de su mochila, pero, cuando más tarde fue a buscarlo entre las páginas del cuento, no encontró al libuende.

En clase de Lengua, Catalina continuó con sus rimas. Ella deseaba callar. De hecho, se mordió los labios un buen rato. Sin embargo, don Ramón pidió a varios niños que enunciasen cinco sustantivos. En seguida le tocó el turno a Catalina, que contestó:

—Canción..., tropezón..., bastón..., jarrón y... pilipilipón...

—¿Qué es un pilipilipón? —le preguntó extrañado el profesor.

—Una bobada, don Ramón.

Todos echaron a reír. También don Ramón. Catalina se puso colorada. La clase entera la miraba y reía sin parar. Tuvo la sensación de que, mezclada entre esas risotadas, se podía distinguir la risita burlona de Libuendador.

Cuando regresó por la tarde a casa, creyó que sus problemas habían terminado. Pensó encerrarse en su habitación y no salir más que para cenar. Incluso entonces no diría ni "mú". Desgraciadamente para ella, nada más entrar, su madre le dijo:

—Dentro de un rato, vendrán tus primas a merendar. Las he invitado a probar la tarta de fresa que preparé ayer.

Catalina se llevó las manos a la cabeza. No quería hablar con nadie. Arrugando la frente, afirmó:

—Mar y Mercedes serán mis familiares amadas pero son unas verdaderas pesadas.

Su madre la miró extrañada pero no respondió. Catalina quería mucho a sus primas. ¿Por qué habría respondido así? Las dos niñas vinieron a merendar media hora más tarde. La madre de Catalina sacó la tarta entre las exclamaciones de júbilo de las invitadas. Era una tarta gigante, llena de fresas por todos los sitios.

Daba risa apreciar la rapidez con que devoraban su trozo. Como era de esperar, lo terminaron en menos de un minuto. La madre les preguntó:

—¿Queréis más?

—¡Sí! —gritaron las tres.

Catalina, relamiéndose, añadió:

—Nunca acabaremos hartas aunque comiésemos mil tartas.

Sus primas se intercambiaron una mirada de perplejidad. Luego, miraron a Catalina, que añadió:

—Las tartas de fresa son la mejor sorpresa.

Mar y Mercedes, desconcertadas, le preguntaron:

—¿Cómo te salen esas rimas?

—No lo sé, primas —respondió, y, al percatarse de que había vuelto a conseguir otro pareado, se mordió la lengua con el firme propósito de no decir ni una palabra más. Y lo consiguió, porque no volvió a hablar. Ni siquiera contestó a las preguntas de sus primas. De hecho, cuando le preguntaron si se iba con ellas al parque, apretó también los labios con fuerza, sin responder. Su madre, que estaba delante, le exigió una contestación. Catalina se limitó a negar con la cabeza, moviéndola de un lado a otro exageradamente. Su madre le reprochó su actitud.

Cuando Mar y Mercedes cerraron la puerta para irse, Catalina intuía lo que tenía que hacer. Sacó el libro de su mochila. Sin ni siquiera despedirse de su madre, sin acordarse de coger su paraguas, se marchó al colegio corriendo. Sabía que, una vez que lo devolviera, dejaría de hablar en verso.

Duendidón, al ver que quien había llamado a la puerta del bibliobús era Catalina, aparentando sorpresa, preguntó:

—¿Vienes a devolverlo?

—Sí. Ya no quiero tenerlo.

—Pero... ¡si lo sacaste esta mañana!

—Mejor haber sacado... una banana.

—No te habrá dado tiempo de leer el libro.

—No... ¡Pero a ver si de él me libro!

—¿No te gustó?

—En muchos líos me metió —respondió Catalina, rabiosa de seguir rimando incluso con las preguntas de Duendidón. Éste iba a responder algo pero, pensándoselo mejor, calló. Entonces, la niña añadió quejosa:

—No puedo hablar normal; todo lo tengo que rimar; aunque me salga mal.

Duendidón le recogió el cuento y, directamente, se lo llevó a la oreja. Se quedó un buen rato así, como escuchando algo. Después, sonrió.

Catalina le preguntó:

—Duendidón, ¿se oye algo, amigo? ¿Está hablando el libuende contigo?

—Sí. Libuendador te manda un mensaje rimado.

—¿Rimado?

—Sí. Te dice:

Adiós, adiós,

Catalina mía.

Aunque no esté contigo

ningún otro día,

tú continúa viviendo,

leyendo poesía.

Deja que ella sea tu amiga,

sea tu guía.

Ni harás, ¡no!, ni dirás

ninguna tontería;

crecerás limpia,

limpia y en armonía;

te convertirás en mujer

sin dejar de ser niña... Catalina mía.

—Adiós, Libuendador —gritó Catalina al libro y salió corriendo del bibliobús.

Huyó porque no deseaba seguir rimando palabras. Y, efectivamente, ya nunca más se metió en ningún lío por hablar en verso. Al cabo de unas semanas, por su cumpleaños, sus padres le regalaron un libro de poesía de una tal Gloria Fuertes. Había poemas dedicados a animales, a niños, a flores... Con algunos versos se emocionó hasta el punto de que casi se le escapan unas lágrimas. Con otros se desternilló de risa. Con otros no dejó de suspirar. Eso sí, ninguno le hizo el mismo efecto que el del bibliobús. Por aquel entonces se alegró.

Sin embargo, cuando pasaron muchos años y Catalina era una mujer, alguna vez deseó reencontrarse con aquel libro. Pero, claro, ella ya era mayor, el bibliobús no estaba, y quien, tras leerlo, estaría hablando en verso sería... otro niño... en un país muy, muy, lejano.

Capítulo 9

EL BIBLIOBÚS SE VA

Don Pedro, el director, interrumpió la clase de Matemáticas, la primera de la mañana del lunes, para comunicar a los alumnos que el bibliobús se marchaba al día siguiente.

—Si habéis sacado en préstamo algún libro, terminadlo de leer esta misma tarde. Mañana a primera hora deben estar todos los libros devueltos.

—¡Oh! ¡No! A mí me queda más de la mitad del mío —reconoció una niña, angustiada.

—Pues yo estoy a punto de acabarlo y todavía no me he encontrado al libuende ese —dijo otra.

Los niños estaban muy tristes. La presencia del viejo bibliobús en el patio se les había hecho familiar. Sin él, al colegio le faltaría el encanto que había traído su destartalada figura y, por supuesto, sus libros. Y eso que, durante la semana que había estado el bibliobús, tanto don Pedro como don Benito, don Ramón y doña Inés habían notado que algunos niños se comportaron de un modo muy raro. ¡Pero que muy, muy, raro!

Don Pedro reconoció el éxito de lectura obtenido por aquella biblioteca ambulante. Casi todos los niños habían sacado, al menos, un cuento. Cuando Marta oyó esto, pensó:

—Sí. Claro. Pero no todos los cuentos tenían libuende... ¡Qué suerte he tenido yo!

Don Pedro aseguró que la biblioteca del colegio se llenaría de cuentos nuevos. Una anciana muy rica del pueblo, que ya el viernes regaló un jarrón gigantesco, también había comprado mil libros para regalárselos al colegio. Esa misma tarde llegarían en varios camiones.

Los niños quedaron en que, cuando terminaran las clases de la tarde, se despedirían todos juntos de Duendidón. Pasaron la mañana sin apenas ganas de hablar en las clases, ni de jugar en el recreo.

Nada más terminar la última clase del día, se fueron acercando, entristecidos, al bibliobús. Encontraron a Duendidón muy apenado. Sus ojos brillaban. Desde la puerta del bibliobús, acariciándose la barba canosa, les dijo:

—Me gustaría quedarme más tiempo con vosotros. Sin embargo, debo partir mañana mismo.

—¿Por qué? —preguntaron los niños a la vez.

—Me ha llegado un mensaje. En un colegio de una aldea de Méjico los chicos ya se han leído todos los cuentos que hay en su pobre biblioteca. Debo llevarles las miles de fantasías que pueblan el bibliobús.

Empezó a lloviznar pero ningún niño quiso irse, aunque no llevaban paraguas.

—¿Cómo te lo dijeron? ¿Por teléfono? —preguntó Lucas con malicia, porque nunca había visto teléfono alguno en el bibliobús.

—No, Lucas. Yo no necesito nada más que el corazón para escuchar al que me llama. Mañana debo partir pero, pasado un tiempo, tal vez regrese con vosotros.

—¡Bieeeeeen! —exclamaron todos.

Cuando el silencio logró hacerse tras aquel grito de alegría, Casandra preguntó:

—¿Volverás con los mismos cuentos?

—No, Casandra. Ningún cuento es siempre el mismo. Ni los que llevo en el bibliobús, ni los que están en cualquier sitio del mundo.

—¿Cómo es posible?

Duendidón se quedó un momento buscando las palabras más claras para explicarse y añadió:

—El cuento que uno lee, aunque lo haya leído antes, es siempre un cuento nuevo. Las aventuras que nos narra salen de las páginas y surgen en ese momento. Son nuevas para la imaginación del lector.

Casandra no lo entendió del todo. Sin embargo, no pudo preguntar más porque empezó a diluviar. Los niños se marcharon corriendo a sus casas. Duendidón se metió en el autobús. El agua caía cada vez con más fuerza.

En la mañana del martes lucía un sol amarillo limón. Las nubes se esfumaron y permitieron ver despejado el cielo. Los niños que tenían libros del bibliobús los devolvieron a primera hora. A las diez en punto, mientras estaban en clase, se oyó una pequeña explosión procedente del patio.

Los profesores y los niños se asomaron por las ventanas.

El bibliobús había arrancado el motor. Una nube negra salía del tubo de escape. Al tiempo que el humo seguía escapándose, la puerta del bibliobús se abrió chirriando más que otras veces y Duendidón bajó. Agitó ambas manos para despedirse de los niños que, a su vez desde las ventanas, le devolvían el saludo... Durante unos instantes, algunos niños vieron unas lucecitas verdes que revoloteaban alrededor de Duendidón. Lucas pensó que serían destellos de la túnica pero, luego, se preguntó:

—¿Cómo es posible, si la túnica es roja?

Duendidón se volvió a meter. La nube que estaba formando el tubo de escape iba siendo mayor. Cubrió el propio bibliobús..., el patio..., la casa de Isidro..., las aulas..., el colegio. No se veía nada. Todo era oscuro a través de las ventanas. Y la noche que trajo el humo permaneció sobre el colegio varios minutos.

Cuando la nube desapareció, el bibliobús ya no estaba.

Pablo iba a llorar de pena. Sin embargo, don Pedro avisó:

—Debéis estar contentos. Duendidón me ha prometido regresar dentro de un tiempo. Además, ha regalado a la biblioteca del colegio un cuento. Me ha dicho que es un cuento muy especial...

—¿Muy especial? —preguntó Irene, entornando los ojos.

—Sí, porque lo habita un libunosequé —aclaró el director.

—¡Un libuende! —gritaron varios niños a la vez.

—¿Un queeeeeeé? —preguntó don Pedro.

—¡Un libuende! —repitieron los niños.

—Sí. Pues eso... Yo lo he sumado a los mil libros, que ayer nos envió en unos camiones la señora aquella de la que os hablé.

—¿Qué cuento es el de Duendidón? —preguntó Catalina.

—No lo sé. Conforme me lo daba, lo metí entre los mil nuevos. Ahora están todos mezclados sobre las estanterías de nuestra biblioteca.

Los chicos, desconcertados, quedaron un buen rato en silencio. Pablo lo rompió al exclamar:

—¡Oh, no! ¡Será imposible encontrarlo!

Don Pedro sentenció:

—Si leéis mucho, tarde o temprano lo encontraréis, ¿no?

—¡Tardaremos años! —gritaron Berta y Elisa a la vez.

—Con mi mala suerte, nunca lo encontraré —afirmó Claudio, el más pesimista de la clase.

—En el recreo voy a sacar tres cuentos de la biblioteca. Me los voy a leer esta misma tarde —dijo Lucas, lleno de entusiasmo, a su compañero de pupitre.

—Yo buscaré uno de comidas. Si el libuende está en él a lo mejor me regala golosinas... y pasteles... y helados... —dijo Alejandro, que siempre estaba pensando en dulces.

Don Pedro no comprendía la actitud de los niños. Encogiéndose de hombros, arrugando la frente, preguntó:

—Pero, ¿qué más da un cuento que otro?

Entonces todos los niños, negando con la cabeza, pensaron:

—Don Pedro nunca se entera de nada.

ÍNDICE